# 未來，你會是我的誰

未来、あなたは私の誰になるの

H 著

誰是你未來最重要的人？

# 目錄

CONTENTS

# 自序

寫這本小說的時候，我身邊的朋友當中，有三對夫妻正吵著要離婚。其中有兩對夫妻在經過幾個禮拜後，眞的離婚了，有一對還在嘗試。原因無他，只因爲彼此都不想眞正的後悔。

我當然很能體會這種心情，一方要簽字，一方還在拖。拖的原因就只是怕自己簽下去以後，在幾年後的某一場大雨中，忽然察覺到內心的失落。

更有甚者，是怕自己簽下去以後，擔心對方會在幾個月後的某次異國旅遊中，懊惱起自己的草率。

會擔心對方者，都還算有情。

我是過來人，心知肚明。

於是，科技始終來自於人性，需求總是會變成產品。惟獨部分科技，是超過了人類的能力。

如果可以知道簽下去之後，會變成什麼樣的結果，那我就可以考慮簽或是不簽了，因爲那就成了一道簡單的選擇題。

只可惜，人生不是選擇題，就算勉強將其歸類成選擇題好了，也會是一連串數也數不清的、連綿不絕的選擇題組。

選到最後，或許你會發現，這第一億八千三百六十五萬次的選擇，與當初第一次的選擇，竟然會成了本質上恰恰相反的矛盾。

原本自以爲，從第一題開始，都是秉著一樣的原則和一樣的方向去做決定，卻沒發現，從第三題開始，方向就偏了，答案就變了，卻無法回頭修正，只能一路錯下去，到最後，看著自己的答案，不明就裡。

然後痛哭失聲……

人類不是一種可以時時刻刻了解自己的生物，只能靠著嘗試、錯誤、反省、改正慢慢瞭解，然後再依此循環。這一連串反覆的過程，就形成了每個人獨特的「生命歷程」，當然也可以將這四個字，汰換成「愛情經驗」。

《未來，我會是你的誰》敍述著每個對下一次選擇感到恐懼的人，他們內心的想法，也提供了每段穩定的愛情背後對未來的想像。

H的第六本書，希望你會喜歡。

第一話

# 新角色登場

在部門會議上，部長班森朗聲對與會的同事們宣佈。

「我很高興在這邊和大家分享這個好消息，讓我們恭喜梅兒晉升副理，上一季公司的營業額提升十五％，可以說都是歸功於我們商品企劃部門，而梅兒提出的『女人至上』的概念，更是本次商品獲得成功的最大關鍵……」

班森是個年約四十五歲，頭髮卻已經近半白的中年男子。

班森的話剛說完，將近十個與會者紛紛鼓起了掌，我也只好稍微假裝不好意思地站了起來，和每個人點頭致意。

假裝不好意思……對，真的是假裝的，因爲我可不覺得，我接受這一切榮耀有什麼不對。

進來這公司三年，我應該說，算是他們到現在才發現我這顆鑽石吧。

我叫梅兒，今年卽將滿三十歲，畢業出社會換過幾個工作之後，來到了這家台灣公司，公司不小，不過員工就是比較本土，像我這種天縱英明的女性，也得要熬個好幾年，才有眞正的好機會輪到我身上。不過我不氣餒，畢竟，今天是我的日子，我總算是證明了什麼。

「梅兒，今天晚上請吃飯唷！」同部門的 Andy 喊著，小帥哥一個。

「對呀對呀，這個早就預約好了，今天要吃點好的！」部門的企劃專員 Angel 嚷嚷著。剛畢業的校園美女，公司裡面追她的人一籮筐。

「你們等等，讓我先回座位喘口氣吧……吃頓飯，不難的……」我雙手一攤，回到我的座位。我升爲副理卻還是和大家在同一個辦公空間裡面上班，這點讓我比較不愉快。

「對，先讓梅兒趕一份報告，不然晚上你們什麼飯都不用吃了……」果然，這時候我的主管就跳出來了。瑪姬，老女人一枚，卻偏偏讓她坐上了商品企劃經理的位置，完全拖累了部門整體的平均智商。

「好嗎?梅兒小姐，啊!我應該稱呼妳梅兒副理，五點以前我要這份報告……」瑪姬假裝和顏悅色地看著我，我自然也是笑臉迎人。這時圍繞著我的同事們，也只好趕緊散開，回到自己座位。我貼心的助理子萱則偷偷遞了個小信封給我，並對我使了個眼色。

回到座位後，訊息的視窗閃個不停，淨是恭喜道賀的話，我自然是開心，不過認眞想想，其實也不需要這麼多人來錦上添花……

說眞話，這公司在世界各地總共有四、五百人，升個小小的副理，對我而言根本就只是踏出了小小的一步，光是台北的公司就有十大部門，每個部門平均各有一個部長、兩個經理、三個副理、四個專員、五個助理、六個工讀生……在這個金錢掛帥的時代裡，我還得要往上幹掉好幾個人，才能達到我想要過的生活呀……

「恭喜……」在二十幾個視窗當中，我看到了一個最不想回的人——那不是別人，正是我交往了五年的男朋友柏恩。

我的手指在鍵盤上無意識地空揮了幾下，一時之間，竟然不知道要輸入什麼樣的字眼才對。

「今天晚上去慶祝吧，我訂了那家餐廳的位子，我們第一次約會去的那家餐廳。」那頭倒是很快鍵入了幾個字。

只不過內容果然如我所料……

柏恩不是不好，相反地，他好到讓我捨不得傷害他，可是，這種懷舊的個性，不知怎地，在這兩年卻讓我漸漸起了反感。

舉凡比較重要的日子，柏恩就喜歡到以前有過回憶的地方，每當遇到我們曾經看過或聽過的人事物，就會很感性地回憶往事。

五年前我們剛在一起的時候，我是真的愛死了這個調調。只不過，這五年來，他介紹我進了他上班的公司，雖然我們兩個在不同的部門，可是他依舊在原地踏步。柏恩在最容易打拼的行銷業務部門裡面幹了四年，結果還是個專員。我進商品部門三年，在今天升上了副理。同樣在一間公司上班，我漸漸對柏恩這個人的本質起了懷疑……

都三十歲了，難道這個男人，就只有這麼點能耐嗎？

「對不起，今天晚上部門要找我聚餐耶，我可能沒有辦法陪你……」話雖如此，我心底的ＯＳ通常和我表現出來的溫柔婉約有相當大的出入，我一向知道我要怎麼做，才會讓周圍的人覺得我很優。

「這樣呀……沒關係，不然就明後天看看……」柏恩依舊有耐性，不過我已經不太想回覆了。

忙著看完所有的恭喜視窗之後，我想起了要在短時間內做完那個瑪姬要折磨我的報告，於是我趕緊打開信箱，因爲裡面有我需要的資料。

可是，好笑的事情來了。

在公司電腦的收信軟體中，我看到了這樣一封信。

寄件者：未來的老公

寄件主旨：我是妳未來最重要的人

我納悶地點開了這封信，信裡面寫著：

Dear 梅兒：

這封信，很冒昧。但也希望妳可以仔細看下去。

首先祝妳今天升官快樂，雖然我很想說，以後妳在公司的每一天，會一天比一天快樂，但總之，升官快樂。

妳一定會感到很奇怪，我是誰？說真的，現在妳還不認識我，不過我希望妳趕緊去認識我，因為我將會是妳未來的老公。

這封信是我從未來寄出的，妳也不用回信，因為我收不到。我只能告訴妳，未來的我和妳，過著非常幸福的生活，妳可以好好期待。

愛妳的老公

看完信之後，我必須用雙手掩住嘴巴，才能避免自己狂笑出來。這個人難道以爲，大家都不認識那個在網路上寫小說的人，都沒看過他的書嗎？就這樣直接把H寫的小說內容，搬到現實生活中來把妹，這種念頭，未免也太蠢了吧。

我稍微起身看了看辦公室裡面，打字聲依舊，傳眞機的聲音依舊，櫃檯服務人員講電話的聲音依舊，似乎沒有人注意我收到了這樣的一封信。

倒是我現在不禁佩服起了那個作家，因爲任誰收到了這樣的信都會小鹿亂撞，並且開始思索，這個人，會是誰……

現在的我就是如此。腦海中沒了「副理」、沒了「升官」、沒了「柏恩」，只想知道，這名男子，是誰……

第二話

# 生活點滴

忠孝東路上總是會有許多新開的餐廳，而這些新的店面，都逃不過我們家小美女 Angel 的法眼，因爲 Angel 的口頭禪就是「以後想要和心愛的人開一家屬於他們自己風格的小店」。很沒創意的理想，我是指，對我而言啦！

今天的聚餐就辦在巷子裡的一間義大利餐廳。除了我以外，當然有小帥哥 Andy、小美女 Angel、經理瑪姬、部長班森、原本就是副理的朵拉，以及一向很挺我的子萱妹妹，都來替我增添喜氣啦。

「部長，這幾年受你照顧了。」我略帶客套地舉起酒杯，替今晚的餐聚拉開序幕。

「客氣什麼，梅兒很優秀大家都知道，以後還要多靠妳幫忙了。」班森是個老好人，我知道先和他舉杯絕對是明智之舉。

「梅兒眞好呀，不但男朋友對她好，現在也升職了，好像什麼好事情都會在妳身上發生耶。」大我沒幾歲的朵拉，明明自己早就升上了副理，和男朋友安東尼的感情也已經穩定到籌備婚禮的階段了，卻老喜歡口是心非。

「對呀，我見過柏恩先生，眞的是個好人，長得又帥，你們如果今年結婚的話，一定很棒，多喜臨門！」Angel 也搶著說。

「等等等……誰和你們說我要嫁給他呀，現在只是交往，不見得要結婚吧……」我連忙撇清。

「梅兒副理呀，妳以爲妳都幾歲了？妳今年三十了，難道不知道這是女人的一大門檻嗎？這是連奧運選手都很難跨越的障礙唷。」瑪姬說話就是酸，只不過她也不想想自己的年紀以及處境。

「……」瑪姬說的我當然知道，只是，我有我自己的心事。

「梅兒姐，怎麼了？妳不是也和我聊過，柏恩哥很好嗎？」這下連子萱妹妹都開始針對這事情發表意見。

「可是，我……現在其實不想嫁給他耶……」我很率直，在某方面。

「有新對象出現了對嗎？」Andy 不愧是這部門裡面最懂得男女之道的人，似乎一眼就看穿了我今天下午收到信的事情。

「不完全是……」我苦笑著。

「天呀……誰能夠比梅兒更好命呀？都已經運氣這麼好了，有好的男朋友，有好的工作，現在竟然還有別的男人可以挑……」朵拉簡直歇斯底里了起來。

「沒有、沒有啦……只是寫了封信，沒有出現呀！」

「梅兒姐你們交往幾年了？」Andy 問。

「大概五年了。」

「沒辦法，應該是失去新鮮感了吧！」Andy 說。

「不完全是這樣，應該說……對於現在的他，我有點提不起勁來……」Andy這個年輕人很神奇，面對著他，我總是會講出我心裡的話。

「可是，當初是很愛他的吧……」Andy和我的對答，讓全場的人都安靜聽著。

「對……」忽然，一陣很制式化的手機鈴聲在我回答後響起。

「喂喂……爸爸在外面呀……喔喔好，我現在回去，寶貝，不要哭唷……」頓時，部長班森和他家女兒講電話的聲音，充斥了整個場面。他兩年前喪妻，家裡的苦衷與負擔，部門的人都非常了解。

「梅兒呀，不好意思……」班森一開口就是道歉，我趕緊打斷。

「不用道歉呀部長，趕緊回去吧……小美她們等著你回去吧，我這邊沒事啦……」

「不好意思……各位，那我先走了！」班森部長摸了摸自己的頭，拿起了手提電腦便往門外走了。

「部長真的很辛苦呢……」朵拉小姐看著部長的背影，感慨了起來，一個中年男子要獨自撫養兩個小孩，任誰想來都是重擔。

「去年我還在廁所遇到部長偷偷在哭呢……」去年剛進來的子萱，就看過了部長的痛處。

「人生呀，就算以爲找到了個老伴，也不知道老天爺會給你什麼樣的未來，所以……」瑪姬說。

「所以就專心在工作上，是嗎？」我接著她的話，因爲我太了解她了，從大學一畢業就進公司到現在，都已經十幾年了。

「是呀，女人不需要靠那樣的外力救援，自立自強才是眞的。」瑪姬說。

「唉唷，不要管她了……梅兒，快說，妳現在對妳男朋友是什麼感覺呀？」朵拉一副八卦樣。

「該怎麼說呢……你們覺得男人應該要怎樣，才會讓人想要依靠，想要和他結婚？」

「要很帥？」Angel 小小聲說。我白了她一眼。

「怎麼會呢?要有事業心、要很穩重、要有成熟的魅力、懂得照顧別人,最重要的是經濟基礎要穩定。」我接著說。

「太好了,他都有耶……」Angel 聽完我的話後,不小心說漏嘴。這下子惹得衆人都斜眼看她。

「不是吧?妳上個月還和我說沒有男朋友的……」幾個月前,Angel 剛進公司,還和我聊著怎麼交男朋友的話題呢。

「欸……沒交呀,只是……有比較好的朋友而已。」Angel 略顯羞澀地說著。

這時我注意到,Andy 的表情顯得有點不太自在,自認爲敏感的我,長時間和這群年輕人相處,當然知道他們之間各懷著什麼樣的心。

Andy 對 Angel 示好過,現在看來應該是被拒絕了,而且 Angel 似乎還找到了理想的對象,這當然讓 Andy 有些受傷。

「和我剛才說的那幾點相比較的話,不管現在愛不愛柏恩,在婚姻面前,這些似乎都變得很薄弱……」我趕緊藉著自己的話題來轉移注意力。

「婚姻是一段感情的試金石，如果妳不是眞心愛他，妳無法答應和這男人共度一輩子的……」朵拉自己講得浪漫，誰都知道她愛她的男朋友有多深。

「夠了，我知道妳下個月要結婚了，就不用在我面前炫耀了。」我懶得聽。

最後，這話題自然也是無疾而終。

餐後，經理瑪姬慣例自己搭公車回家，Andy 還是騎車載了 Angel，表示紳士風度地送她回家，我、朵拉和子萱則是一起走到捷運站去坐車。

「哈啾！」冷不防，子萱打了個噴嚏。

「感冒呀？」我問。

「不知道，最近鼻子總是不太舒服。」

我雙手搭起了子萱的肩膀，用力搓著。

「多穿點衣服呀！妳是我的得力助手呢。」我說。

子萱笑著。忽然，一輛轎車從對面迴轉了過來，停在我們身邊。

「好啦，梅兒，我男朋友來了……恭喜妳啦！」朵拉順勢打開車門，而我們都看到，開車的人正是朵拉的男朋友安東尼，他也揮手和我們打了招呼。

「謝啦！掰掰……」我和子萱一同向朵拉及安東尼揮了揮手，接著往各自的方向前進。

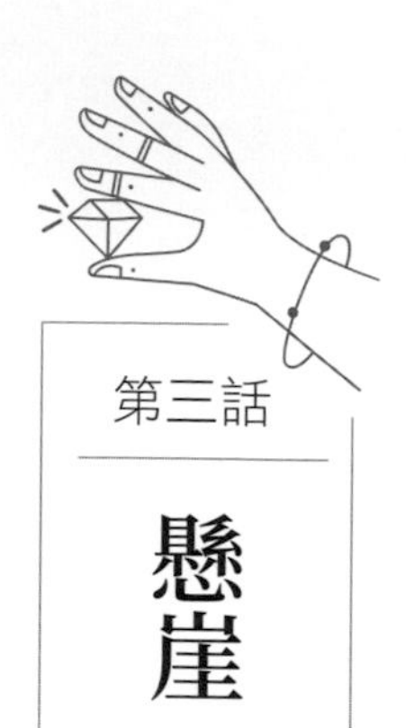

第三話

# 懸崖

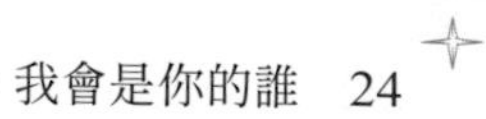

五年前，我二十五歲，柏恩也是。

在還沒有找到工作之前，我總是在家裡上網，打怪。事情發生的很不特別，柏恩的同事認識我的大學同學，便嚷嚷著要辦個聯誼，某個星期六的午後，我就被拉去了。

地點是長島酒館，在台北市的某個角落。

如果說，認識柏恩的過程中有什麼特別的，大概就是以下這段他每年都會提起的話。

「眞的很巧，我們這邊來了四個男生，妳們那邊來了五個女生，當然就有一個女生落單，可是事實上是，我遲到了。於是不耐煩的妳，就那樣走出餐廳，還和我錯身而過，聯誼現場就變成五個男生加四個女生，要不是妳忘了妳的手機，要不是妳回來拿手機，我們就見不到面了……」

「我還記得長島酒館當時放的是T&D的歌〈未來〉，妳說妳愛這首歌……」

每一年的交往紀念日，每一年的聖誕節，每一年的情人節，柏恩總是可以像錄音機一樣，把這段過往，再播放一遍。

前幾年，我也一樣沉浸在這種充滿「緣分」的邏輯當中，只不過，當我進了柏恩公司之後，我眞的發現，這一切，不是滿分。

人生，該有更好的分數。

不可思議的是，五年過去了，我升了副理，柏恩還是同樣的職位，而爲了要慶祝我的升遷，我們兩人又回到了長島酒館。

柏恩點了兩杯紅酒、幾盤串燒，紅酒杯被我們兩人輕輕舉了起來。

「恭喜！」柏恩輕聲說。

「謝謝。」我說。

其實長島酒館的氣氛眞的不錯，不過我也認爲，就算再怎麼好的地方，也不需要任何重要的節慶都來吧。

「這裡眞棒……不過，其實和妳在一起，去什麼地方我都可以……」柏恩看著店裡的擺設，頗有感觸地說。

不知怎麼搞的，我忽然想起了 Andy 對我說的話。

「那封信應該有來信地址吧。」

我回去公司看了以後，發現地址是 Joey812@Ji.com。

雖然從後面的郵件主機我無法判斷這是什麼單位，但是，基本上那個人的英文名字，應該是叫作 Joey。

我有點罪惡感，因爲我調查過了，公司裡叫 Joey 的人只有兩個，而比較符合會做這種事情的人，竟然就是柏恩部門的主管喬伊 Joey。

我晃著頭，希望讓自己腦子裡的這件事情趕緊消失，因爲這實在不是我面對男朋友時該有的心情。

忽然，柏恩的手，放在了我的手掌上面。我有點驚訝，但還是認眞地看著他。

「梅兒，我們在一起五年了，是不是，該有個確認的動作了呢……」柏恩說。

這時的我心裡忽然像是千軍萬馬般奔騰起來，我不希望他接下來說的話是那幾個字，因爲柏恩眞的沒搞懂，在這個最差勁的情況下，對我做出那種要求的話，會有什麼樣的結果。

只不過，他接下來的動作，就像每一部連續劇演的一樣制式，柏恩好像是個演員一樣，伸手往自己的口袋裡探，然後拿出一個戒盒。

相信我，那裡面絕對不會是一台筆記型電腦或蘋果手機。

「梅兒，嫁給我吧！我希望下半輩子，可以給妳幸福，我會盡我最大的努力……」天不從人願，柏恩的嘴裡，眞的說出了毀滅性的話語，我沒有彩排過，但我絕對知道現在的我聽到這些話，會有什麼反應。

那就像是有人拿槍抵著我，我一路後退，卻退到了懸崖邊。要嘛我被槍打死，要嘛我自己往後面的懸崖跳。

我看著戒盒幾秒，看著柏恩幾秒，然後，我說出了比白雪公主的後母更惡毒的話。

「……你怎麼給我幸福？你進公司五年，還在做專員，你知道我升職的意義是什麼嗎？這表示我賺的錢比你還多了，你要怎麼給我幸福？」

「四年而已，我進公司才四年而已……」柏恩的頭微微低著，我最氣的就是他這種關心不到重點的個性。

「四年、五年有差別嗎？重點在於你根本不求上進，要怎麼結婚？」我這幾句話說得有點動氣了。

「我知道，所以我說，我會盡力……」柏恩的頭越來越低。

「盡力就能達到嗎？我不希望我的婚姻是每天需要爲了錢在煩惱，或是爲了錢在吵架呀……你懂不懂？」

這時候長島酒館裡面播放起了〈未來〉這首歌，也就是五年前我和柏恩認識的時候，店裡面播放的歌曲。

我回頭看了一下餐廳老闆，他滿臉微笑地對我點了點頭，可以推測，柏恩和他說好了在某個動作之後，要下音樂。

這點也是我受不了他的地方，他的創意總是千篇一律，就像是要他發想企劃案，他就只會想到眼前看到的事物。

「夠了，你不要再刻意播放這些老情歌，我當年是很愛這首歌，但不表示我現在也愛，不表示我以後也會愛……」

柏恩這時候趕緊把戒盒收進口袋，雙手揮舞著試圖安撫我。

「沒事，沒事，當我沒提，反正我們還年輕……再過幾年好了，過幾年我們再結婚。」柏恩的臉上堆滿了笑容，但是這種不痛不癢的說話方式，真的令我火大。

「誰說我還年輕？我不年輕了，我現在沒有不想結婚，我想結婚，但是要看現在的你是否眞的適合結婚，不是想結婚就可以結婚的，再過幾年如果你還是這個樣子，我們還是結不了婚呀，你懂不懂呀柏恩，你就是現在這種個性，才會升不了職，加不了薪……」我按耐不住了。

柏恩這時被我說到臉也有點漲紅了。

「我以爲，那些都不是最重要的……兩人相愛最重要不是嗎？」柏恩說。

「你以爲、你以爲……你以爲一直談戀愛就會有東西吃嗎？一直想著五年前我們認識的事情，感情就會加溫嗎？」

「梅兒，我愛妳，妳不要這樣……」

我的手掌一張，停在了柏恩面前，堵住他的嘴。

「停！不要這樣講話。你愛我，那又怎樣？經過了這幾年，我都已經不確定我是否愛你了……」

偸米的歌聲依舊煽情，〈未來〉這首歌的歌詞在此時當作背景樂卻格外諷刺。

我們看著彼此好幾秒鐘以後，我終於受不了，拿起外套。

「過幾天我會給你答案。」

我留下了這句話後，走出長島酒館，留下 T&D 的音樂、一臉落寞的柏恩以及錯愕的老闆。

第四話

# 未來老公

和柏恩對話之後，上班的心情自然不會太優。不過很奇妙的是，原本行銷業務部門與商品部不常有交集的情況，最近忽然有點改變。

例如他們年輕有爲的經理 Joey 喬伊，常常藉故與我們部門開會。

「梅兒，那個業務部經理喬伊，怎麼好像常常看著妳發呆……」Andy 常在會後如是說。

「有嗎？」其實我自己也有點感覺，只是不好意思說穿罷了。他總是在開會的時候望向我這邊，眼睛裡面還帶了點挑逗。

我眞的希望我多慮了。

如果說，我今天不和柏恩結婚的原因，是因爲柏恩的主管介入，這事情傳出去也不見得有多好聽。

說也奇妙，就在和 Andy 聊天的時候，喬伊走了過來。

「你關心你自己的感情吧，Andy……」我顧左右而言他。

「妳是梅兒吧？聽說妳的能力很好，工作表現又佳，希望以後可以好好與妳合作。商品部和業務部應該要更常溝通，才可以替公司創造出更好的利潤。」喬伊的五官非常立體，聽人家說過，他在美國讀過幾年書才回來，高大挺拔的身形，常是女同事們討論的對象。

「哪裡……以後才是要多麻煩你們了……」不知怎地，我的耳根有點發紅。

一百八十幾公分的喬伊在給了我一抹微笑之後，便離開了我的座位。我還沒有回過神，赫然又在開會前發現信箱裡多了一封未來老公的信。

寄件者：未來的老公

寄件主旨：我是妳未來最重要的人

Dear 梅兒：

今天的天氣不錯，如果可以的話，我渴望和妳來杯下午茶，那應該會是個不錯的決定。有機會的話，我們今天會相遇吧……

愛妳的老公

這種追求女孩子的方式眞的很令人難受。

不是不高興的難受，而是心裡很癢的難受。我一方面想要知道這個人是誰，另一方面，我又很享受這種猜測的心理。雖然說從這幾天身邊的互動，以及郵件的暱稱，我大概已經推敲得出這個人是誰，但是不講明白的話，這種曖昧的情愫，眞的就像是在戀愛一樣，令人期待。

「哈啾！哈啾！哈啾！」隔壁的助理子萱還在打噴嚏，三連發讓辦公室的人都笑了。

「拜託……辦公室裡面充滿病毒了啦！」即將要步入禮堂的朵拉大聲開起子萱的玩笑，旁邊人也笑了。

「子萱，有沒有去看醫生呀？」瑪姬兇歸兇，其實對人挺好的。

「沒關係……我吃過敏藥了，過幾天就會好了啦……」子萱一直是乖巧的女孩子，我知道她是擔心自己請假沒上班的話，我一個人會忙不過來。

「子萱，有需要就請假，別硬撐唷……」我說。

子萱點點頭。

這個女孩子就是這麼貼心，也讓我總是很放心地把工作交給她。

辦公室大家長班森因爲兩年前失去太太，很多事情都是瑪姬扛起來做，雖然大家嘴巴不說，可是我們都知道，將來部長的位置理所當然是由瑪姬接下，而身爲副理的朶拉，爲了迎接一個月後的結婚典禮，最近請假的頻率高了些，不過也是因爲如此，才得以讓部長他們看到我的工作表現。另外，反應很快的 Andy 和漂亮的 Angel，則是深陷在自己的感情漩渦裡面，Andy 執迷於 Angel，Angel 則在外面認識了別的男人。我雖然很想告訴 Angel 說，Andy 是支潛力股，以後 Andy 很可能大有作爲，可是當我都對曾經是潛力股的柏恩產生這麼大的懷疑了，我又怎麼開口對 Angel 說這種不實際的話呢？

有時候我眞的覺得，女人不是現實，而是必須考慮之後的日子。

而當我站在三十歲這個時間點上面眺望，未來很多事情似乎已經都決定好了，雖然有些徵兆，看得出將來的生活還是會有所改變，但是我不禁想問，人的個性有那麼容易改變嗎？也就是說，依照著不同的個性，其實現在就可以把人的將來看得很清楚了吧。

就拿公司裡面這幾個我最熟的人來說吧。

部長班森大概就是這樣將工作奉獻給了公司，一個中年男人，辛苦撫養兩個女兒長大，幸運的話，可能會在退休後認識個老伴吧。

經理瑪姬則是註定在這家公司老死，一輩子都不會有所改變，如果有人敢和我打賭的話，我願意用我一輩子賺的錢當作賭注。

朵拉看起來就是在下個月會和她心愛的安東尼步入禮堂，婚禮上要怎麼樣捉弄他們，大家都已經討論好了，就等那重要的一天到來。

Andy 看起來是追不到 Angel 了，這兩個年輕人未來還有很長的路，不過我相信，他們兩個人一定都可以擁有很好的生活。

而我最貼心的助理子萱，既善解人意、工作能力又好，看來可以在這公司順利往上爬，然後認識個好老公，過上美滿的生活。

反而，最看不清楚未來的人，是我……

我先前就思考過這個問題了……當柏恩求婚時，就代表做改變的時候到了。

要不就是答應他，走入婚姻，要不就是拒絕他……只不過，在我心中，拒絕他就代表不想與他走到最後……就代表，分手……

五年前，我的確愛著柏恩。五年後的今天，相同的問題問我，我沒有答案……

我知道那代表什麼……

在這個時間點，我不希望，我的未來老公，是他……

第五話

# 女巫

我住的地方有點偏僻。

算是在新北市，但卻在台北縣很偏遠的角落，一個叫泰山的地方。

周圍的交通不好，環境更是不佳，因爲幾乎都是工廠。

我和我的姐姐，就住在這群工廠裡面的一間大木造房屋。

從小我和姐姐就沒什麼交集，因爲姐姐很怪，講話大聲、想法獨特，卻很像個小朋友。爸媽過世以後，姐姐從來沒有盡過什麼長姐爲母的責任，她過她的生活，我過我的生活。更特別的一點是，姐姐冠的是母姓，我冠的是父姓，我們兩個從小到大就不像姐妹，反而像室友。

也因此，如果可以的話，我總是儘量不回家，因爲她的生活態度讓我難以接受。

就像現在吧。

我們家這個大型木屋有五間房間，爸媽過世以後，眞正在使用的只有四間房間，其中一間是客房，另外兩間各是我和姐姐的臥房，最後一間則是我從來沒進去過的房間。

因爲這間房間的關係，我們家從我小時候，就被稱爲鬼屋。

我甚至還聽過母親被稱爲女巫。

不過都是很小時候的記憶了。

總之，因爲這些事情，我雖然和柏恩交往了五年，卻都沒有讓他來過我家裡。

但，我要講的是姐姐。

我很不喜歡到她房間敲門，就像今天晚上，我正煩惱著柏恩的事情，卻發現家裡客廳的燈泡壞了，我必須問姐姐燈泡放在哪裡。

她叫美和。

我走到她房門口時，房間的門是關上的。事實上，一直都是這樣，她總是不出門，上網就是她全部的生活。

我正打算敲門時，房裡傳來了她的聲音。

「啊啊……好……啊啊……」我的手停在了房門上，我知道那種聲音代表什麼。

雖然我說了不只一次，希望她不要帶男人回家，但她總是不聽，光是這種情況，我就碰過五次了……

我氣得往她門上一踹，便憤然回到自己的房間。

當我躺在自己房間的床上時，我聽到男人講話的聲音，以及踩著客廳木板的雜音。我知道，美和的男人正在修理客廳的燈泡。

沒多久，男人離開了客廳，換我的門有人敲了。

「妳剛剛是要找我要燈泡對吧？」美和的聲音。

我從床上跳起，走到門邊用力將門打開。

「小姐，可以不要每次都帶男人回來嗎？妳不是一個人住好嗎？」我說。

「別那麼小氣嘛，反正家裡很大呀，可以省旅館錢……」美和的下半身只穿著一條小熊圖案的內褲。

「夠了……也不知道哪裡找的男人。妳根本沒出門，哪裡認識那些奇怪的男人……」

「大學教授，四十八歲，不算奇怪的人吧。」美和慵懶地回著我。

我氣得有點說不出話來。

就像是這樣。當我在煩惱著人生大事時，我這個唯一的家人，卻可以輕鬆找來不太熟悉的男人到家裡上床，然後還擺出一副若無其事的臉。

「你們……算是在交往嗎？」我問。

「做愛不算交往吧……」美和的眼光呆滯。

「姐……拜託妳，妳也三十出頭了，可以認眞找個人，認眞過下半輩子嗎？怎麼看起來，我比較像是姐姐了？」我聲音有提高，我忽然感覺，怎麼最近常常這樣扯著嗓子說話。

「……妳不高興？」美和說。

我忽然發現美和的眼神有點畏懼，像是眞的怕我生氣。

「我不高興妳也不會在意吧？」

「不會呀，妳眞的不高興，我就認眞找個男人……」美和看起來像是認眞了。

這也是我摸不透她的地方，從小到大都是，不知道她說的話，哪一句是眞，哪一句是假……

「那好呀，妳去認眞找個男人吧……」我無力地想要關門，卻被美和用手擋住了。

「那妳告訴我，什麼樣的男人算是好？賺大錢的？帥的？還是什麼？」美和這時候講起話來又像個小朋友了，讓我又好氣又好笑。

「姐，要是對妳好的，成熟穩重的，有事業心的，懂得要照顧人的……這些點才重要，不是嗎？」這時候我已經沒有脾氣了。

美和正打算開口說話，忽然我發現她的影子變成了兩個、三個，她也發現情況不對勁，便一起蹲了下來，旁邊一切東西都晃個不停。

地震。

而且是很不尋常的地震。

整棟木造房屋搖晃了三十秒左右後，總算漸漸停止了下來，我與美和兩人互相扶著對方，緩緩站了起來。

我看著家裡四周，想要檢查有沒有什麼地方發生了問題，卻發現美和的一對眼睛一直盯著我看。

「哪裡來的？」美和盯著我問。

「妳說地震？不知道耶，要看新聞才知道震央在哪裡吧。」我說。

美和依舊盯著我看。

「什麼時候來的？」美和繼續問。

「……不就是剛剛嗎？」我有點摸不著頭緒了。

美和這時候的眼神才收起了銳利，然後像是沒發生任何事情似地，離開了我的房門口。

這個時候，我還不知道美和這幾句話的意思爲何。

因爲，我滿腦子想的還是同樣一個問題……

我未來的老公……會是哪一個……

第六話

# 酒聚

除了上班時間接觸的那群好同事之外，我從小到大最能夠談心的朋友，大概只剩下春音了吧。

春音不像我往私人企業衝，保守的她在大學畢業之後，就當了老師，每年都有寒暑假可以休息，雖然生活單調了些，倒也不失爲一個好工作。

春音是中部人，因此自己住在台北，我常去她家串門子。在經歷了柏恩向我求婚的事情之後，我整個人煩惱到不行，找好姐妹傾訴算是一個好出口。

「求婚了嗎?終於……」春音說。

「什麼叫做終於?妳認爲他早就該求婚了嗎?」

「我是說,以他的個性,他早就想要求婚了吧……」

「也許他早點求婚還好些……」

「有差嗎?」

「當然有差……兩年前他求婚的話,我對他還興致勃勃,我也還沒升官,也沒有別的……總之我的意思就是,如果早一點求婚,我可能就不煩惱了……」

「妳這樣想很奇怪耶,如果柏恩兩年前求婚的話,妳現在就已經是他老婆了,這樣的話,和他現在求婚,有什麼兩樣?」

「不一樣,客觀條件都不一樣了,兩年前我沒得選呀!」我發現我說溜嘴了。

春音忽然沉默,假裝斜眼看著我。

「什麼意思?妳現在可以選擇誰?」春音冷冷地說。

「唉唷……好啦,就是公司裡有人寫信在追我啦……」我知道春音是傳統派的，她聽到這種事情，一定是站在柏恩的立場想。

「眞的假的？就算有人追妳，那個人也不見得會比柏恩好呀……」

「比柏恩好……」我說。

「哪有那麼斬釘截鐵的……」

「客觀條件呀，身高、外型、背景、事業、存款……樣樣都比柏恩強。我現在眞的不喜歡不成熟的人啦，我覺得成熟的男人才是好選擇……」

我等著春音開始用道德來猛攻我，沒想到春音竟然沒有這樣說。

「如果對方眞的這麼好的話，那妳不就應該早點和柏恩說，這樣對你們兩個人都好吧……」

我睜大了眼睛。

「春音，不是吧，妳現在是勸我分手嗎？這一點都不像妳會說的話呀，妳不是常說，不可以傷害別人，感情要從一而終嗎？」

「是這樣沒錯……妳到底要不要喝酒？」春音這時舉起了紅酒杯，我才意識到，我今天來的目的。

「對喔……我都忘了。來，乾杯！」我舉起酒杯，兩人爽快地喝掉了第一杯紅酒。

春音殷勤地幫我又斟滿了一杯。

「我說的是眞心相愛的兩人，當然要那樣做，不過身爲妳的好朋友，我只能自私地幫妳想，如果眞的不喜歡了，如果眞的有了好的對象，那我當然是站在妳這邊，妳說對吧？」

春音自己又喝了一大口。

這個小學老師平常看起來很乖，酒量卻是好得不得了呀。

我點著頭。

「眞沒想到，春音妳對我這麼好，只不過，那個新的對象也沒有表白呀，他玩著小說裡面的情節，也不說清楚，我如果眞的拒絕掉柏恩的求婚，結果發現對方根本只是在惡作劇，那我怎麼辦？」

「逼他現形？」

「怎麼逼？拿照妖鏡喔？哈哈……」我笑著舉杯喝了一大口。

「可是妳覺得妳現在猶豫的原因是什麼呢？妳並不是因爲有新對象才不想答應柏恩的求婚不是嗎？是因爲柏恩不符合妳的要求，是因爲妳對他的感覺變了，所以妳才不想嫁給他的呀……」春音一連串說了一堆。

我的臉微微發燙著，若有所思地發著呆。

「……可是，春音，一開始，我眞的很愛他，我不知道爲什麼，現在我會這麼在意他不成熟、不穩重，可是我以前眞的好愛他……」我說得有點哽咽，也是因爲我想到了，如果眞的拒絕掉柏恩，他會有多麼難過，而我明明曾經這麼深愛過這個人……

春音見狀，靠了過來。

「別這樣，柏恩會懂的，他一向那麼體貼人，一定會懂妳的感受……」

我看著春音，微微擦拭了自己的眼淚。兩個人拿起酒杯，又乾了一杯，接著都躺在沙發上沉思。

春音的小房間內瞬間沉靜了一會兒。

「如果可以知道未來老公是誰，可以知道未來生活會如何，就好了……」春音說。

「說得跟真的一樣。如果可以知道未來的老公或未來的生活，每個人都不用煩惱了，大家都只要選擇最好的未來就好了呢！」

「可是梅兒，未來，還會有未來耶！」春音說了很深奧的話。

「什麼意思？」我問。

「如果妳可以知道五年以後，妳和柏恩很好，過著幸福的生活，但妳怎麼知道，十年後你們過得好不好？還有二十年後、三十年後……」

「那我就直接知道最後的那個未來，看我們兩人好不好，不就好了？」

「……可是也有可能要等到你們兩個都老了，你們才會過得很好，過程中幾十年裡你們都過得很差，每天不停吵架呢？」

我看了一下春音，心裡不禁發起牢騷：不愧是當老師的，連這種天馬行空的聊天，她都要打破沙鍋問到底。

「如果要看到未來的每一分每一秒都過得好的話，我的人生，豈不是等於要走兩遍，第一遍先看這樣過好不好，第二遍再實際過一次，那會不會也太累了……」

春音笑了。

「如果眞有那種機會的話，麻煩妳順便幫我看看我的未來吧……」

「哈哈，那我豈不是要過好幾遍人生？哈哈……」

這種對話，我想，應該也是喝了酒的人才說得出來吧……因爲接下來，我們就把剩餘了兩瓶紅酒，全部喝光了……

即使如此，我還是不知道該怎麼面對柏恩，該給他什麼答案……

第七話

# 騷動

我在春音家的印象，大概僅止於我們兩人在拉扯之間，把第三瓶紅酒摔破了。

接著就是我趴在春音家廁所馬桶上的畫面。

然後現在眼睛一張開，我已經在泰山的家門口了，而春音在一旁扶著我。

「我沒有要回家呀，春音，第三瓶酒呢……」我不知道我的聲音多大，不過聽起來非常響亮。

「小聲點啦，梅兒，現在半夜三點多了，妳這樣會把別人吵醒的……」春音不愧是春音，我可以判斷得出，她依舊清醒。

「那又怎樣，我們不是要到未來去看看嗎？去看看誰是我的老公，誰是妳的老公？對吧，春音……」

我的話沒說完，就一腳踹在我家門上，發出沉悶的聲響。

「梅兒，別這樣，妳家到了，來，我扶妳進去……」春音將我的手臂往她肩膀上放，一副就是要扛醉漢的架勢。

「不用這樣啦，我又沒有醉，春音，妳先回去，我去找哆啦A夢之後，就可以到未來了，我幫妳看，幫妳看妳未來的老公是誰……」

忽然，門口的燈亮了。一條人影打開了我家的門，走了出來。

在我家當然不會有別人，是我的姐姐美和。

「美和，梅兒喝醉了，幫忙一下好嗎？」春音求救似地叫喚美和。

美和不說話，只是把門打開，然後看著春音將我扛進家門。春音非常吃力地一步步將我弄進房間，將死豬般的我放在床上。

春音坐在我的床頭邊，大口大口呼吸著，感覺就像是只差那麼一口氣，就快要窒息似地。

這時候美和才若無其事地走進來，手上拿著兩瓶可樂。

「喝吧。」美和拿給春音，春音正口渴著。

「發生什麼事情了嗎？需要去找哆啦A夢？」美和面帶笑容地問著，而這時候的我，正躺在床上呻吟著。

「……未來老公，你給我出來，從抽屜裡面……反正……出來……」我喃喃自語著。

「嗯，簡單講，就是感情的問題。梅兒的男朋友……妳知道吧？」春音問。

美和搖頭。

「不知道……」

「……梅兒有交男朋友，妳知道吧？」春音又問。

美和依舊搖頭。

「不知道……」

春音有點沒好氣。

「妳們兩姐妹一起生活，妳怎麼什麼都不知道……」

「我的事情，她也不知道呀……」美和說。

春音大大喘了一口氣。

「原來妳們兩姐妹平常是這樣相處的……」春音喝了一口可樂後，開始對美和描述我的心情。

「簡單講，就是梅兒交了一個男朋友，五年了，現在呢，男朋友向她求婚，可是梅兒覺得自己沒有那麼喜歡他了，因此梅兒很苦惱，不知道該拒絕還是接受他的求婚。這樣妳明白了嗎？」春音說。

「喔……原來她對她自己要什麼樣的男人，也不是那麼清楚呀，還在那邊對我說教……」

春音似乎感到有點不耐煩，打算離開了。

「總之，妳妹妹現在碰到感情問題了，如果妳當她是一家人的話，有空就多和她聊聊，好嗎？」春音話一說完，拿起背包就往門口走去。

「那妳呢？妳知道妳要什麼樣的男人嗎？」美和的眼睛很詭異地看著春音，搞得春音有點不自在。

「我自己的事情，我自己會管，妳照顧好妳妹妹吧。」春音在門口留下這句話後，便離開了我家，但美和卻依然用怪異的眼神目送春音。

這也是我從小到大幾乎不帶朋友回家的原因，因爲我姐姐和我媽媽都被人家稱爲女巫，因爲她們用這種眼神看人。

美和看著春音離開我家之後，一個人緩緩走到我房間，然後目光如炬地看著躺在床上的我。

「……未來……倒底會怎樣啦……你當我老公會好嗎……」我還在說著醉話。

美和在我床邊盯著我的臉看了好一會兒，竟然開始回應我的醉話。

「未來會怎樣，自己去看就知道了呀。不用找哆啦A夢，找我就行了。梅兒，我們就是哆啦A夢……姐姐沒和妳說過嗎？」

處在不清醒的酒醉狀態下，我隱隱約約聽到了美和說的這些話，但是我實在不懂，她這些話背後的意義……

我想，我真的喝太多了，就這樣一路睡到隔天傍晚，完全沒有起床，中間還做了許多和柏恩相關的夢，但就是無法夢到以後的事情。

隔天下午五點多，我揉著惺忪的雙眼總算醒了過來。

處理完簡單的盥洗動作之後，我回想起昨天晚上美和說的話。

「我們是哆啦A夢？」

我不解。

走到了美和房間，才發現她人不在房間，廁所也沒有人。基本上，美和是不太會出門的。

這時候我隱約聽到了不知從何處傳來的打木樁聲。

「叩！叩！叩！」

我循著聲音來源走去。我可以確認，這是從家裡不知道哪個地方傳出來的。

一步一步，沿著聲音走去，聲音越來越明顯，而我也越來越確定聲音的來源。

我走向了那間從小到大幾乎沒有進去過的房間，推開了門。

我看見美和正拿著木頭不知道在敲打什麼，像是先在地上畫符號，再釘上某些木樁，看起來像是要進行某種儀式。

美和看到我來了，抬起頭看著我。

「妳來了呀？我們來當哆啦A夢吧……」美和的話，詭異得不像人說的……

而關於我家的秘密，我一直到現在才知道……

第八話

# 地震

從小，我就被媽媽禁止進來這個房間。印象中，美和國中的時候曾經闖進去過，結果被媽媽禁足，一個禮拜都不准出門。

「梅兒，我們來當哆啦A夢吧。」美和又重複說了一次，我真的不懂我這個姐姐腦子裡裝的是什麼。

「美和，妳到底要幹嘛呀？」我看著地上畫著六芒星的記號，房間四周都釘上了木椿，美和面前還擺著一面鏡子和一根白蠟燭。

「來，梅兒，進來這個六芒星裡面。」我看著美和，心裡知道這個姐姐雖然平常很詭異，但是絕對不會傷害我，因此我半信半疑地，走進了六芒星中。

「坐下來。」美和說。

我略顯猶豫，但還是緩緩低身坐下。

「梅兒，我們家，是世代相傳的女巫……」美和的話，把我嚇得又站了起來。

「啊？」我本來以爲只是媽媽與美和長得像，沒想到……

「先坐下來。只不過，很多咒語和法術都已經失傳了，媽媽又走得早，所以她只教了我一項能力，那是流著我們家血液的人，才擁有的力量……」在燭光的襯托下，美和的臉顯得更陰森了。

「什麼能力？」我問。

「就是妳要的，哆啦A夢的能力，可以自由穿梭時空的能力。」美和敘述著，不過這番話比起她是女巫還更令我吃驚。

「自由穿梭時空？」我驚訝地重複美和的話。

「對，講玄一點，就是妳的靈魂可以到達妳要的時間點。」美和開始解釋，卻讓我更不解。

「只有我的靈魂過去，那……現代的我呢？現代的我不就死去了？」我有點聽不懂。

「嗯，有點難說明，應該說是……複製吧。假設，妳要到明年的今天，妳現在的意識將會複製一份意識，直接跨越時空到達明年的今天，但妳現在的意識還是會繼續循著現在的時間，生活下去……」美和說得很清楚，我卻真的聽得模糊。

「那我可以隨意跑來跑去嗎？」我問。

「可以，不過，只有三次。」美和說。

「一輩子只能有三次嗎？」

「對。」美和接著又說：「媽媽不停告誡我，儘量不要讓妳知道這個能力。好像是說，這個能力雖然有用，但是真正穿越時空之後，妳不見得會喜歡之後的結果。不過妳也知道，這種事情我才不在乎咧，更何況昨天看妳那樣，想要去找哆啦A夢，拜託，找我就可以了……」

美和的話說到一半，還是失去了正經。

「想試試嗎？」美和的眼神充滿挑逗。

「三次……美和妳說的是眞的還是假的？」我還是有點不敢置信。

「騙妳做什麼呀？我用過一次呀……」美和似乎發現自己說錯話，趕緊將自己的嘴巴摀了起來。

我不是很懂，也不太想追究，但是看著美和說話的樣子，又覺得這一切似乎都是眞的。

「所以我只要坐在這裡面，就可以跑到過去或未來，不會有什麼副作用嗎？」我問。

「有，因爲空間轉換需要非常大的能量，因此我們施展咒語的時候，在這個時空和妳要去的那個時空，都會發生地震。需要藉由咒語引發地震，釋放出能量，才有足夠的力量讓意識穿越時空……」

一講到地震，我才想起了那天在家裡發生的事情，以及美和問我的對話。

「所以那一天的地震……？」我說。

「對，所以只要有地震，我就懷疑有人用了時空轉換，但就我所知，只有我們兩姐妹有這樣的能力，因此那天我就問妳是從哪裡來的，從幾年前或幾年後來的。只不過，那天的地震似乎是自然產生的。」

我皺了一下眉頭。

「地震……這個能量釋放會不會傷害到其他人呀？」

「基本上，只要不穿越太多時空，就不需要太大的能量，也就不會有太大的影響。」美和解釋著。

我有點說不出話了。

如果美和說的一切都是真話，這不就代表，我可以回到過去看看，或者是搶先到未來瞧瞧。現在我最擔心的事就是柏恩的求婚，如果可以先跑到未來了解一下狀況，我就可以做出決定了，不是嗎？

「美和，如果我決定到未來，那麼現代的我，會依據什麼標準做出平常生活上的決定呢？」我不確定美和是否了解我的問題。

「就算妳現在的意識到了未來，我說過，那只是複製意識。妳唸完咒語之後，會覺得現代什麼事情都沒有發生，妳依舊照著妳原本的意識過生活。因此，當妳到了三年或幾年後，妳看到的一切都是照著妳正常的思緒做決定所產生的後果……」

我又再度沉默。我不確定美和說的話是眞是假，甚至覺得她自己都不確定自己說的話到底合不合邏輯。只不過，這種機會不就是我想要的嗎？到未來看看，就可以知道，柏恩在未來和我是什麼關係，如果我眞的答應嫁給他，也可以看看那時候的我過得快不快樂……

「怎麼樣？決定了嗎？」美和催促著我。

我看著美和的眼睛，緩緩地，點了點頭。

「反正有三次機會，對吧？」我說。

美和笑著點頭，示意我坐在六芒星的正中央。

「妳想到什麼時間點？」美和說。

「五年後，五年以後的今天。」

接下來，美和教我念了一串咒語，那是一連串很古怪的聲韻，無法用文字描述，我練了快半小時才熟記。

再加上時間的座標之後，美和要我正坐在六芒星內，不停重複唸咒語，直到地震發生，直到地震結束。

我深吸一口氣後，決定邁向這個無法想像的旅途。

第九話

# 五年後的我

唸了第三次咒語之後，我就開始感覺地面微微震動，這跡象令我有點畏懼，不過六芒星外的美和卻大聲喊著。

「繼續唸下去，不然會失敗的！」

我咬緊牙關，甚至把眼睛閉了起來，嘴裡不停唸著咒語。這時候身邊的震動越來越大、越來越大，從左右搖晃變成了上下搖晃。

那感覺，就像有個巨人用兩根手指捏著我的頭和腳，用力搖晃我的身體，試圖將裝在身體裡的意識用離心力甩出來。

我沒有計算自己唸了幾次的咒語，但我知道，在某個瞬間，我發不出聲音了，因爲我的意識脫離了身體。

很難形容那是什麼樣的感受。不難受，不具體，自己好像幻化爲成千上億個小分子，倒入某個湍急的河流中，迅速流向說好的目的地。

沿途上有光、影、人臉、人們說話的聲音，轉速時快時慢，有扭曲的五官表情，有瞬間蓋好的建築物景象，而最後，就像抽水馬桶般，上述全部元素快速進入了某個小孔，成爲一片漆黑。

我不能判斷自己這時候是什麼樣子，也不知道現在自己是睜開眼睛周圍全暗，或是閉上眼睛才沒有光明，只不過，我又感受到了幾分鐘前的地震，這次是快速上下震動後，才漸漸轉成了左右晃動，然後，逐漸平緩，逐漸，停止。

我停止不動持續了大概十幾秒鐘吧。

然後我帶點恐懼地，偷偷睜開了眼睛。

我在我家裡面，自己房間的床上。摸著自己的臉，看著房間內的擺設，我覺得，這一切並沒有什麼改變，也許，我是被美和騙了。

只不過，就在我懷疑的時候，外面有人敲門了。

「梅兒，妳沒事吧……」美和的聲音。

我起身，打開了房門，看見了美和，笑了出來。

「妳什麼時候弄這髮型呀？」我說。

「小姐，已經弄了兩年了……啊，妳是從五年前那一次過來的吧……」美和講話的感覺並沒有什麼改變，只是髮型和我先前看到的完全不同，而從她說的話聽起來，自從那天晚上施法之後，在美和的時間帶上，似乎眞的已經過了五年。

我很仔細看著美和的臉，發現美和的眼睛旁確實多了不少小細紋，是之前在美和臉上不曾看過的。

「美和，妳變老了耶……」我這時想起，我離開時的年紀是三十歲，美和大我一歲，也就是說，現在的美和是三十六歲，女人的臉在這段時間出現一些痕跡也是非常正常的事情。

只不過，這麼一說，我就想到了自己。

三十五歲的我，不會已經變得很蒼老了吧……

我連忙跑到廁所去，對著浴室裡的大鏡子仔細檢查自己的身材和皮膚，深怕自己變了形。

「怕什麼呀，妳買了一堆保養品，又常去美容院，妳保養得很好啦……」冷不防，美和像是背後靈般出現說道。

我心裡算是鬆了一口氣，五年後的我看起來並沒有什麼太明顯的老態，只不過，不知道怎麼形容，外表就是和五年前不太一樣。

感覺就是不年輕了……

不過我還是覺得很神奇，我眞的，跑到了五年之後的世界來了。看著時鐘寫著晚上十點二十五分，我迫不及待想迎接明天的到來，因爲這樣我就可以到公司上班，就可以知道未來的一切變化了。

一想到這，我有點興奮到睡不著覺。

隔天，我起了個大早，整理好儀容之後，匆匆跑出家門。住家附近的環境沒什麼改變，只不過，有一兩棟先前在蓋的建築物，現在看起來都已經完工。

「喔……原來是要蓋成那樣呀……」我對於五年後的一切，都感到很新奇。時間，眞的是奇妙的東西呀。

公車路線也沒有改變，我依照著五年前的方式來到公司，走進辦公室。這時候心裡頭忽然跳出了另外一個念頭。

「不會我已經升官，有自己的辦公室了吧……」我心裡暗自竊喜著，因爲時間很早，大多數同事都還沒有到，我便一個一個走到他們的座位上去瞧，不過部長班森依舊坐在他的大辦公室內，經理瑪姬也依舊有她自己的空間，看來看去，我竟然看不到自己的位子。

我不太願意接受事實，走到了我五年前的位子。

喔耶，沒錯，是我的電腦，我的筆記本和公事夾，我的位子，這五年來根本完全沒有變化過，這可眞令人沮喪呢。

我坐上自己的座位，打開電腦，開始瀏覽最近的檔案，好歹我也要趕緊知道最近的工作情況。雖然我只打算留在這個時空一陣子，也不能夠因爲這樣而壞了我的工作表現。

隨著上班時間越來越接近，進來的人越來越多。我看到朵拉，胖了……

「早呀，朵拉……」我開心地和朵拉打著招呼，心裡卻直想笑，我眞想回到五年前告訴朵拉她以後會有多胖……

朵拉給了我一個微笑，似乎沒有以前那麼熱情，我推測，和安東尼結婚之後，他們應該很快生了小孩，以致於朵拉的身材一下子變成那麼巨大。

沒多久後瑪姬進來了，她沒有和我打招呼，便快速走進自己的辦公室。感覺上，她比五年前更憔悴了。

辦公室裡面陸續有人進來，有些我沒有見過，但有些我預期會碰到的人，卻都沒有看到了。

包括我的小助理子萱妹妹，以及小帥哥 Andy。

我很想知道 Andy 最後和 Angel 的結果如何，只不過，沒看到 Andy 而感到納悶的我，卻在這個時候看到了 Angel。

我說不出話來，因爲 Angel 看起來實在太瘦了，除了身材之外，她畫的妝和臉上的神情，都嚇到了我。

這根本不像是五年前那個天眞無邪的小女生，Angel 的臉色像是看盡了人生百態，整個人充滿滄桑。這五年來，到底發生了什麼事情?就在我驚訝之餘，班森—我們的部長班森，竟然哼著山歌走進來，笑容燦爛得像是足球金童，笑嘻嘻地對我打招呼。

「早呀，梅兒……」

當年喪妻的他，在這五年裡又發生了什麼事情，眞叫我好奇……

第十話

# 旁敲側擊

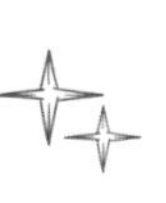

一個早上超乎想像的工作量，忙得讓我瞬間就想要回去五年前。

我從來沒有想過，子萱不在我身邊幫忙之後，事情會變得這麼繁雜。

好不容易挨到了中午吃飯時間，我心裡想，如果不找個人把一切弄清楚，該怎麼在這個時空生活。

於是，我主動走到發胖了的朵拉身邊，微微笑著。

「朵拉美女，要不要一起吃飯呀？」我說。

朵拉看著我，似乎有點不可置信。

「怎麼？又轉年輕了，好久沒看到妳這麼熱情了呢。走呀，吃飯我當然奉陪……」朵拉臉上露出了我熟悉的笑容。

只不過，聽著朵拉說的話，我不禁思考了起來，難道這五年來，我變得那麼陰沉嗎？我還以爲是朵拉自己疏遠我了，沒想到，這樣聽起來是我的問題。

走出辦公室後，朵拉帶我走到了公司附近的巷子裡，一家非常不起眼的牛肉麵店，上面寫著「老王牛肉麵」，這讓我挺驚訝。

「這……妳不是不吃這種便宜的東西嗎？」我記得朵拉以前總是要吃得很豐盛。

「拜託，現在都什麼年頭了，不要再說那種話了呀，而且這家麵店也是挺有名的喔。妳看……」朵拉指著牆上老闆娘裱框的照片，我睜大了眼睛看，才看出來那是老闆娘本人和 T&D 的主唱偷米。

「T&D 呀……」我不自覺地想起柏恩。

「對呀，聽說他和他老婆的戀情，就是從這間牛肉麵店開始的……」朵拉迅速點了幾盤小菜和牛肉麵後，我們兩人坐了下來。

只不過朵拉低頭專心吃著，似乎也沒什麼興致聊天，我一雙眼睛直盯著她看，她卻依然故我地吃著她的麵。

爲了不讓朵拉覺得我完全搞不清楚狀況，又希望她幫助我搞清楚這五年來的狀況，我眞的有點絞盡腦汁。

「唉……我記得幾年前班森的老婆走了，那時候，他多麼可憐，看起來就是一個失婚男子，沒想到現在，眞是春風得意呢……」我故意講得模稜兩可，好讓朵拉可以接著說出一些我不知道的事情。

不過，朵拉只管著吃。

「嗯……最近，公司好像沒什麼新鮮事？」我又打算講別的話題，只不過，朵拉看起來還是沒有和我聊天的意願。

「趕快吃一吃，趕快回去上班吧，現在事情都做不完，我要在下班前把事情都趕完，才能回家帶小孩……」朵拉越吃越快，搞得我都緊張了起來，但我眞的不懂，怎麼現在公司業務這麼繁重，卻沒有增加人手。我的助理子萱離開了，現在看起來連 Angel 都不太需要做太多事情的樣子，感覺這公司有點失去秩序了。

「怎麼 Angel 好像都不太做事呀……」我問。

「她快要被調走了啦……所以現在事情不多，應該是被調到業務部吧。」朵拉淡淡地說。

「調去業務部？我們這邊人手都不夠了，還要把人調走，然後我們再補人是嗎？」我問。

朵拉有點不可置信地抬頭看著我。

「妳還眞愛開玩笑，現在公司財務吃緊，被那家 ALA 公司打得抬不起頭來，喬伊都一個頭兩個大了，怎麼可能還給妳加人呀？」

「喬伊？」總算說中了一個關鍵性人物，也是我心中原本認爲的新追求者。

「關喬伊什麼事情？」我問。

「喬伊現在是總經理，不關他的事情，關誰的事情？他前年上任之後，被這家新公司 ALA 打得焦頭爛額，大家都快受不了了呀……」朵拉很快端起碗公，喝完最後的湯汁。

「好了不說了，要趕回去上班了……」朵拉拿著錢包便打算回公司走，只不過我一下子還不能接受。

因爲從朵拉的話聽起來，喬伊根本沒有繼續追求我吧，那麼五年前，我到底選擇了誰呢？

我跟在朵拉的身後，準備走回公司，卻在遠遠的對街馬路看到 Angel 正拿著電話邊走邊哭。她原本豐腴的臉頰現在都凹陷下來，兩隻眼睛的下方有退不去的黑眼圈，和我認識的她完全不相像。

我隔著馬路看她，心裡充滿憐惜。一個曾經那麼可愛的女孩，怎麼過了五年，就變成了這副樣子。更何況當年這女孩，都會拉著我問感情上的事情，怎麼過了一段時間，就變成這麼陌生。

「妳多久沒和 Angel 聊天了呀？」我問朵拉。

「和妳差不多啦……」朵拉的答案總是讓我一無所獲。朵拉看了一下手錶，大叫一聲。「我不陪妳走了，我要先到總務部去一趟。」說完朵拉已經轉換方向，改去搭電梯了。

我一個人走在公司大廳，迎面走來了兩個看起來像是剛出社會的小女生，忽然對著我的方向喊著。

「部長好！」

我循著她們的眼光回頭，與後面走上來的男人碰個正著。

那是個充滿威嚴的男人，渾身散發著主管的氣勢，就算不說話，也會讓人心生尊敬。而當我定睛一看，我才看清楚了。

這個人赫然就是柏恩。

「妳們好。」柏恩親切地對兩個女員工笑著，然後察覺到了回頭的我。柏恩的表情沒有半點扭捏，也對著我淺淺微笑，並且微微點頭，我看著他胸前別著業務部部長的名牌，然後他就像風一般從我身邊掠過。

和五年前比起來，柏恩稍微胖了些，但是整個人看起來更有架勢，合身的西裝把他的身材襯托得就像是個精幹的高級主管，髮型也俐落了許多。

柏恩走過我身邊後，我不敢置信地站在原地好幾秒鐘，這個曾經—原本應該是我男朋友的男人，現在完全換了個樣子，像個紳士般走在這棟辦公大樓裡，從容得像是走在自己家後院。

「他升官了，而且已經成爲部長了……」我的腦子霎時間混亂了起來，有些簡單的連結可以串得起來，諸如喬伊原本是業務部部長，現在變成了總經理，那麼想當然耳，柏恩成爲部長就一點也不奇怪了。

可是，那是柏恩耶……

五年前我看輕的柏恩，現在竟然成爲了業務部部長，而我，依舊還在與商品部的繁瑣事項抗爭。

我一個人，站在了五年後的公司大廳中……

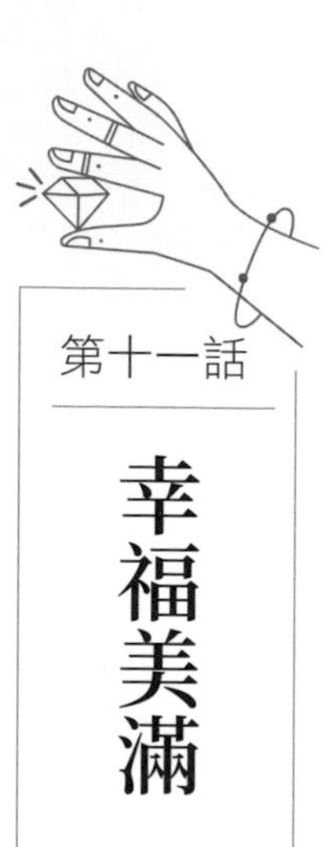

第十一話

# 幸福美滿

我像遊魂似地走回辦公室。柏恩成爲部長這個事實，著實給了我不小的衝擊。

也不知道坐在椅子上過了多久，忽然一個渾厚的手掌搭在我的肩膀上。

「發呆呀？」是個成熟男性的聲音，我回頭一看，是我們商品部的部長班森。

「哈，應該是吃多了吧？」我隨便敷衍著。

「爲了因應ALA的強力攻擊，公司上面決定發展新的策略。總經理要我派一名商品部的猛員，到他辦公室去開會……」

「……」我看著班森，不懂他的意思。

「猛員，麻煩妳……」班森用嘴巴指著我，我則是反用手指指向自己，一副不敢置信的表情。

幾分鐘之後，我走到了總經理室。在公司這麼多年，這間辦公室我好像沒有進來過。

敲了幾聲門沒人應之後，我輕輕推開門走進去，才發現裡面空無一人。不過既然總經理要我先到辦公室來，我就在裡面等著吧。

這時我注意到辦公桌上放著喬伊的相片，身旁站著一個金髮的外國女子，喬伊將手搭在了女人的身上，任誰看了都會認爲這是夫妻照或情侶照。

「漂亮嗎？」總經理喬伊這時從門外走了進來，這句話嚇得我差點沒把相框摔在地上。

「漂亮，漂亮呀！」我陪笑。

「四年前我結婚的時候，妳應該有來吧，我記得我有看到妳。」身高一百八十幾公分的喬伊緩步走向他的辦公桌，一種威嚴感油然而生。喬伊這時候順手拿出了自己的皮夾，秀給我看。

「妳看，這照片是我們交往前拍的，我一直帶在身上……」看著喬伊皮夾裡有和相框內一樣的照片，我感到強烈的羞愧。五年前的我，竟然還以爲人家用老掉牙的郵件在追求我，沒想到這根本是我一廂情願。

看起來應該已經接近五十歲的他，充滿了中年男子的風度，我不禁感到自卑。

還好這時候有別人走了進來。

「柏恩，你來了。」總經理看向門口進來的人說著，我則是驚訝地回頭。

「坐。」柏恩依循喬伊的指示，坐在了我身邊。接著喬伊站了起來，拿起遙控器放下了辦公室內的大型布幕，接著便利用投影機，播放著喬伊事前就準備好的檔案。

「今天找兩位來，是有特別的事情。」喬伊站了起來。

「兩年以前，我們公司在業界可以說是穩居龍頭地位，每一年、每一季都穩定成長，但是這兩年來，出現了ALA這家公司，不但和我們爭奪國內市場，就連國外訂單都似乎是衝著我們來……」

我看著喬伊準備的數據，才發現這兩年公司的營業額已經比五年前少了三成。

「以前，我們公司的標準流程，一向是商品部依據所有相關數據決定新品上市企劃，接著交由行銷業務部制定整體的銷售策略。但現在我認爲，這樣的方法可能有所偏差，因此我希望下一季的新商品企劃案，可以在前期就與行銷業務部討論，到上市銷售的時候，商品部的人員也要參與，這樣應該可以爲之前的流程帶來一些改變。只不過，公司制度不是說變就能變，因此我希望先用橫向團隊的方式，在業務部和商品部各找幾名人員組成專案團隊，做一個測試。」

喬伊說得生動，聽得我也很進入狀況。

「因此，我找了兩位，希望兩位各帶一兩名人員組成臨時團隊，在下一季的新商品上與ALA正面交鋒。」

「好的，總經理，關於這個案子，我已經吩咐業務部的Ben和Sally支援，另外這個團隊的領隊，我希望由我來擔任。」柏恩面對總經理時，竟然有種不輸給他的氣勢，讓一旁的我完全說不出話來。

喬伊點頭。

「很好，柏恩，這也是我的意思。那麼，梅兒小姐，這件事就麻煩你們兩位了。」喬伊話一說完，柏恩立刻站起來，但我卻還在思索，所以講完之後呢？這事情該怎麼執行呢？

「總經理，一個禮拜後，我會將這個團隊的進度提出報告……我先回辦公室了……」柏恩向總經理喬伊迅速點頭後，便轉身走出辦公室，而我還傻傻坐在喬伊面前。

「還有事嗎？梅兒？還是妳還想多看看我家人的照片？」喬伊微笑著，我則是尷尬到臉都紅了。

「沒事，沒事……」我急忙從椅子上跳起來，帶點狼狽地逃出喬伊的辦公室。

在走回自己辦公室的路上，我的腦子裡充滿疑問。

「所以五年前的信，不是喬伊發的。那到底是誰發的？」

「柏恩的改變也太大了吧。簡潔、迅速，完全像個專業經理人，我怎麼反而像個小笨瓜一樣……」

「這代表五年前我還是拒絕他了，然後也沒有人在追我，難怪朶拉覺得我這幾年變得陰沉。可是只是這樣，我就變得陰沉了嗎？我應該抗壓度很夠的……」

無意識地回到辦公室座位後，我有點無心工作，因此漫無目的地瀏覽收件匣，赫然發現了這樣的信。

寄件者：未來的老公

主旨：我是妳未來最重要的人

Dear 梅兒：

昨天我去看了電影，裡面的劇情和我們之間很相似，很希望妳可以在我身邊陪著我看……

愛妳的老公

我傻了。

趕緊利用相同的寄件人搜尋，才驚覺這五年來，幾乎每一天，我都收到了這樣一封信……

我不自覺地渾身起了雞皮疙瘩。沒想到五年之後，我竟然還是不知道這個自稱是我未來老公的人是誰，而最有可能的那個人，現在看來竟然是完全不可能了……

第十二話

# 轉變

來到五年後的第一天，就在我驚訝、尷尬、失落等百般情緒中結束。我搭著相同的公車路線，回到了家裡。

我有點打算當天就回到五年前，這感覺就像原本是五天四夜的異國旅行，沒想到第一天結束後，就想要搭末班飛機回國了。

回到家後，我複雜的感受無處宣洩，這種事情告訴別人也沒有人相信，我想到了美和，至少她說溜嘴過，她曾經使用過一次，但我不知道她是使用哪段時間到達哪段時間就是了。

於是我走到美和的房門口。相隔五年，美和的生活習慣竟然一點都沒變。

我正打算敲門時，房裡依舊傳來了她的聲音。

「啊啊……啊啊……」我的手停在了房門上，我知道那種聲音代表什麼。

我覺得自己有點自討沒趣，美和就是喜歡這種生活方式，講多了也沒意思，於是我回到自己的房間，悄悄關上房門。

也許，我該找春音聊聊，希望她的電話沒有改變。

於是，我拿起電話，撥給春音。

「喂……梅兒嗎？」春音聽到我的聲音，似乎又驚訝又高興。事實上我更高興，因為總算找到了一個可以聊天的人。

「怎麼這麼好打給我？」春音問。從身邊人的反應看來，這五年間，我眞的變得孤僻了。

「想找人聊天呀！」我說。

「好呀好呀，我們好像也很久沒有好好聊天了耶！」春音的答案讓我確認自己這幾年肯定是個宅女。

「……」只不過，我一下子，不知該怎麼講下去。要和春音說，我這幾年的記憶都失去了，請她提醒我一下？還是我要像和朵拉講話那樣，不停旁敲側擊呢？

「春音呀……妳可以想像，這五年……我是說，假設這五年來，或是說，五年前，我發生了些事情，然後……」我的話講得支離破碎，這時候電話中卻出現了干擾的聲音。

「嘟……嘟……嘟……」我將話筒拿遠看了看。

「什麼聲音？」我問。

「梅兒，不好意思，我男朋友打來了，我們改天再聊好嗎？」春音不好意思地說。

「喔喔，好呀，沒關係，也沒什麼大事，那就先這樣。」我急忙掛斷電話，掛完電話後也不知道該高興還是失落。

畢竟春音和我年紀相仿，五年後她總算交了個男朋友，也算是好事情，只不過，我一下子又不知道該找誰聊天了……

我覺得，來五年後這個點子，現在看起真是有點失敗。

只不過，沒法知道寫信的人是誰，讓我有點不甘心，畢竟那封信讓我改變了決定。沒有那封信的話，我搞不好會嫁給柏恩。

「再待幾天看看吧！」

我心裡不停懷抱著這樣的執念，於是催眠自己早點睡覺，以便迎接明天更多的工作量。

第二天早上，我依舊一早就起床，搭公車到了公司。商品部辦公室裡依舊是我最早到達，我一個人坐在辦公室內沒多久，部長班森竟然也到了，還滿臉笑容。

「早呀梅兒，這兩天妳好像都很早到唷……」班森笑嘻嘻地說。

「是呀，工作量這麼大，不早點來怕做不完呀，倒是部長你不是都很晚才到嗎？今天怎麼可以這麼早來上班呢？」我恢復了五年前的伶牙俐嘴。基本上，我本來就是五年前那個剛升上副理的人。

班森的表情尷尬了一下，笑著說。

「別這樣說呀，今天因爲我老婆的學校要辦園遊會，所以我提早載她到學校去，就早點進公司了……」

「喔……」我點了點頭，才忽然意識到這句話的怪異。

班森的老婆在好幾年前就過世了，如果不是班森看到鬼，就是其實我是回到了五年前，而不是五年後。

「你老婆……？」我語帶保留。

「去年我再娶，妳也有來啊，妳忘了？」班森反而覺得我怪，我一聽才恍然大悟。

原本我一直以爲班森娶不到老婆了，沒想到在五年後，他已經又結婚了，想起五年前他一個男人帶兩個小孩的窘境，現在還眞是替他感到高興。

原來，隨著時間的流逝，並不是只有壞事情，也是有好事的呀，聽完之後，我不禁大笑了起來。

「對，對……你又結婚了……哈哈，哈哈……」我笑得有點停不下來，因爲這眞的是件很棒的事情。只不過班森看著我這樣，反而覺得我有點傻了吧。

「梅兒，妳沒事吧？」

「哈哈！沒事……好，恭喜你耶……哈哈……」我還是停不下來，只不過班森已經不打算理會我，走進自己的辦公室。

「哈哈哈……還是有好的變化的……」我笑得很開心，忽然我辦公桌上的電話響起，來自業務部的分機內線。

「梅兒，我是柏恩，麻煩十分鐘之後到大會議室集合，可以嗎？」柏恩的聲音堅定而低沉，把我一下子從瘋癲的狀態中拉回。

「好的，我等會兒到。」

掛掉電話後，我才想起，這件事可能才是這幾天最麻煩的了……

第十三話

# 五年的空白

大會議室中，柏恩帶著業務部的兩名同事，已經開始討論公事了。

那兩人就是前一天柏恩報告給總經理聽的 Ben 和 Sally。

「梅兒，妳來了，正在等妳呢。」柏恩說。

我看著會議室的桌上，已經放滿了一堆資料，我立刻就意識到，我可能趕上了這輩子職場生涯最艱難的時期。

柏恩看我就定位之後，站了起來，打開投影機。

「這幾年來，我們的營業額受到了 ALA 公司的競爭影響，營業額一路下滑，除了對方似乎熟知我們的作業方法以及業務重點之外，對方似乎有針對性地想要打擊我們。以我們公司同仁估計，爲了和我們競爭，對方公司部分商品的價格幾乎是沒有賺錢的，因此我們受到了極大的威脅。」

「他們不想賺錢呀？」我苦笑。

「並不知道這是有私怨，還是他們的某種策略，先利用低價商品打擊我們在市場上的地位，然後在其他商品上面牟取利潤。」

柏恩很快地把這幾年的營業走勢圖，以及市場佔有率變化圖表秀出來，接著打算提出他的見解。

「也因此，我認爲針對 ALA 的競爭，我們不能單純在業務面下功夫，必須提出更新、更特別的商品企劃，並且在上市之前，絕對不可以讓這樣的機密洩露出去。這方面，我們就很需要梅兒妳在商品部多年的經驗。」

我繼續苦笑，因爲每個人這時候都看著我。

「更新更快的商品企劃呀……」我念念有詞。

「對，這是我歸納出來的結論，我們必須密集地推出新商品，才能讓 ALA 這間公司的低價策略無法奏效，因爲來不及模仿商品，就算價錢有差異，消費者還是願意花較多的錢，去購買比較優質又特別的商品。」

我咬著原子筆，這是我思考事情時慣有的動作。

業務部的兩名年輕人持續注視著我，這對我來說可是很不得了，我得在這些年輕人面前，展露一下商品部副理的實力，正所謂新官上任三把火，不然我怎麼混得下去。不過仔細一想，我這個新官對他們而言，其實已經當了五年之久了。

「有了。我們就來做迷你版的包裝，讓女孩子可以隨身攜帶，但是功能和效用和原本的都沒有差異……」

「迷你版包裝我們在四年前的春天出過了。」柏恩的聲音並沒有很大，反而是很溫柔地打斷了我的點子。

「喔喔，我知道呀……只是想說再提出來可否有什麼變化……」我強詞奪理著。然後繼續咬原子筆。

一時之間，大會議室裡面，只有冷氣孔的聲音。兩個業務部的年輕人看起來一點想法都沒有。

「對了，我們可以做生日星座的版本，不同星座的人就可以買到屬於自己的東西！」我叫著。

「這個在四年前的秋天做過了。」然後柏恩繼續打斷。

那兩名業務部的同仁，依舊一臉冷漠地看著我。

我這下有點緊張了。沒想到，我必須在這場會議裡，補齊這空白五年的商品企劃，這可不是一般人做得到的呀。

冷氣孔持續發出聲音，我繼續發想著。

「成對商品，讓情人可以一次購買……」

「三年前的春節做過，業績衰退五%。」

「那出電腦週邊，做成隨身碟……」

「三年前的聖誕節做過，目前倉庫裡面還有幾萬個滯銷的庫存……」

「不然就和偶像劇結合，利用偶像的魅力哄抬我們的品牌……」

「兩年前的春天試過了，成效不彰。」

「和世界級精品跨界開發，提高我們自己身價……」

「兩年前的夏天，我們和運動廠商合作過，對方業績提升，但我們沒有。」

「和女性最愛的占卜結合，現在很多這種節目呀……」

「去年二月情人節特別企劃有做，只不過後來那位占星師離婚，整個業績都受影響。」

「或者是……限量版，限量版的精緻小物……」

「去年七夕情人節才剛做過，業績下滑了十%。」

我一路想，柏恩一路擋，一個早上幾乎把這幾年商品部做過的商品企劃都講完了，我不禁佩服我自己，如果這樣的話，時間對我來說有什麼限制呢？我們部門只要我一個人就可以做掉全部工作了呀……

只不過，就在我驚嘆自己的同時，我也發現了另外一件事情。

柏恩在回答我的時候，完全沒有看任何資料。也就是說，這些商品的研發時間及銷售狀況，他根本了然於胸，就像腦子裡建了個資料庫。

這一點都不像我認識的柏恩。

而我雖然一路追到了今年的企劃，但我的腦子也將近極限了，再搞下去，就會冒煙了。

「休息一下，你們可以去吃飯了……」柏恩看了一下手錶，已經超過十二點，於是總算決定放飯。

那兩個業務部的年輕人一聲不響地走出會議室。Ben 甚至伸了伸懶腰，看來，他們似乎對於這個會議興趣缺缺。

而我，也像是好不容易可以脫離這個地方，一溜煙就打算衝出會議室。

只不過，當我走出會議室的時候，我又回頭看了一下柏恩，他看起來依舊不打算離開，依舊坐在位子上看資料。

「你不吃飯？」我說。

「妳去吃吧，我想要再多研究一下過去的資料……」柏恩低著頭，沒有看我，整個人投入到桌上成堆的資料夾中。

看著這個男人，我心裡不知道哪個角落，竟然出現了陣陣悸動，一種我以爲早已經消逝掉的感覺，就這樣產生……

第十四話

# 一線之間

逃離大會議室之後，就時間上來說，該去吃飯的人應該都已經離開了，本來打算去找朵拉的我，也只好自己一個人找食物吃。

就在我走出公司，打算過馬路的當下，我意外看到馬路對面的朵拉正在和一個男人講話。

朵拉的表情看起來相當不悅。我再仔細看了下，那個男人不就是安東尼嗎？

五年前我要穿越時空的時候，他們兩人再過一個月就結婚了，因此現在看到安東尼跑來找朵拉，也不是件奇怪的事情。

我揮著手，安東尼卻像假裝沒看到。兩人又再談論了幾句之後，我看到安東尼相當沮喪地離開朵拉身邊。

這時候紅綠燈的燈號變了，我快步走了過去。

「搞什麼？夫妻吵架喔？」我拍著朵拉。

朵拉一聽見我的話，反應激烈到讓我倒退了好幾步。

「別和我開這種玩笑，我會翻臉喔！」朵拉不但語調提高，音量也大了好幾倍。

「我、我說錯話了嗎？」我的臉色整個垮掉，完全不知道是什麼情況。

「當年要不是妳在我結婚前夕先和柏恩分手，我也不會受到影響……所以妳現在不要和我開這種玩笑。」朵拉依舊臉色恐怖地吐出這幾句話。

同時間，我當然恍然大悟了……

「所以……妳沒有和安東尼結婚，而且是因爲我和柏恩分手？」我試探著說。

「我只是說受到影響，當然是因爲我愛我現在的老公，我才會在結婚前夕停辦婚禮……」原來，朵拉嫁的人不是安東尼，這可真讓我驚訝。也就是說，在我跑來這個時空後，我本來所處的那個時空，發生了這樣的大事情。

「那安東尼來幹嘛？」我望著剛才安東尼離去的方向問著。

「不是來，是遇到……我超級不想和他見面的，畢竟當初是我臨時做了那個決定，我很尷尬呀……」朵拉一面說，一面空揮著手。

我忙著點頭，而朵拉忽然抓著我的肩。

「梅兒，妳了解的吧？我不是故意要負人家的，而是女人在那種時候，就會想特別多，結婚前、被求婚前，真的很容易受到影響。我怎麼知道婚結下去到底是好還是不好？我怎麼能夠肯定這輩子就要跟定這個人呢？」朵拉這時候的表情，很像當時我和春音喝酒聊天的感覺。

「是沒錯，可是，妳又怎麼確定現在這個老公才是對的人呢？」我說。

「這很簡單，還沒遇到順子之前，我只有安東尼，所以無從比較。可是當我看到順子之後，那種心砰砰跳的感覺，我就可以確定自己要嫁給他，順子就是對的人……」朵拉說得像情竇初開的小女孩。

這時候，我竟然不自覺地回想起剛才我看著柏恩的心情，不自覺地，臉上多了點熱度。

「可是那是當初……那現在呢？」我問。

朵拉立刻恢復成原來人妻的模樣，冷靜回答。

「當初怎麼會知道現在變成怎樣，如果當初我能判別未來，我可能還會繼續等吧……不說了，我還沒吃飯呢，妳吃不吃？」朵拉結束了這話題，我也只能乖乖跟著她去吃飯。

只不過，一路上我的心情有點紊亂。

果然，五年前我拒絕了柏恩。只是沒想到五年前朵拉也拒絕了安東尼，這是多麼不可思議的情況。如果五年前朵拉答應了安東尼，剛才我遇到他的時候，他們就是一對夫婦，而現在的兩人竟然只是在街上碰到的陌生人，還感到非常尷尬……

吃完飯後，我回到大會議室，柏恩依舊坐在原來的位置上，專心看著資料，彷佛根本沒有移動過。

「梅兒，妳吃飽了呀？我想請問妳，三年前用這個材質製作的時候，是不是在成本上有什麼困難，否則用另外這種材質，設計上的變化不是更大嗎？」柏恩找出了許多商品部當時在製作上的問題，雖然我沒有經歷三年前的會議，但憑著我在商品部的經驗，總算是可以推測出，當年部長他們做決定的原因爲何。

只是當我又再度看著柏恩的時候，我感覺就像看著陌生人一樣，五年前那個滿口懷舊、講話沒有條理的男人，似乎從這世界上蒸發了，取而代之的是一個工作認眞、腦筋清楚、積極向上的人。

就這樣，第一天的會議，我們竟然一路討論到晚上十一點，待柏恩察覺時間，還是因爲警衛上來巡邏才發現會議室的燈亮著。

「啊，果然是部長你呀……」警衛看到柏恩，似乎很熟識地叫著。

「不好意思，我又弄到這麼晚……」柏恩笑著說。

「部長身體要顧好唷。太晚了，趕緊回家休息吧！」警衛回著。

這時柏恩才發現時間太晚，看著手錶大叫。

「唉呀，都這麼晚了……梅兒，妳沒車了吧？我開車載妳回去。」柏恩說。

我有點尷尬，畢竟今天下午我才知道，五年前我拒絕了他。沒想到現在的柏恩成熟到不當一回事，還要送我回家。

「那麻煩你載我到我家附近就行了……」搞得我也生疏了起來。

上了柏恩的車之後，我才發現這一切都不同了。柏恩從前的那台二手車，不知道在這五年間的什麼時候開始，換成了超過兩百萬的名車，我坐上去還感到有點不自在。

從公司開車到我們家，大概要半個小時。這半個小時裡面，柏恩沒有播音樂，看起來也不打算聽音樂，因此一路上非常沉默。

我當然無法忍受這種情況。

「可以讓車上有點聲音嗎？」我說。

柏恩微笑著，按下了廣播鍵。

「你好！希望你現在收聽的是你眞心喜愛的電台節目，而不只是剛好轉到這個頻道而已唷……在這種夜半時分，最適合聽的歌曲，當然是T&D的情歌……」

一聽到T&D三個字，柏恩很自然地伸出手將電台切換到CD播放，擴音器裡傳出了抒情的爵士樂，而我，卻有點懷念起〈未來〉這首歌……

只不過，柏恩只顧看著前方開車，彷佛五年前的一切，都隨著車速，被拋在腦後了……

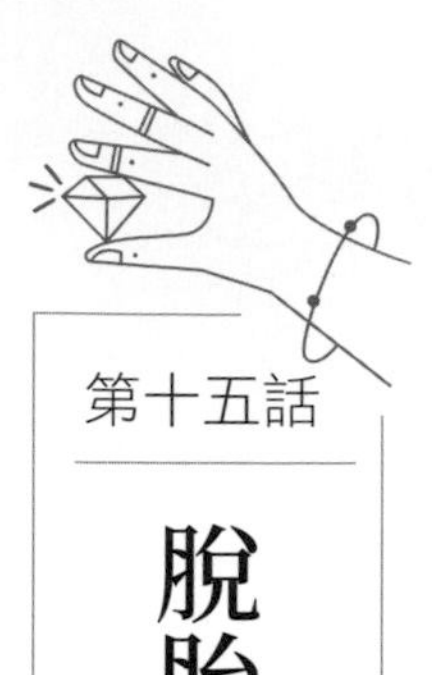

第十五話

# 脫胎換骨

這一個禮拜以來，每天都和柏恩開會，不停絞盡腦汁，我有時候很懷疑當年的柏恩到底是接受了什麼樣的訓練，可以完全變了個人。我記得當時的他，不單單是優柔寡斷，還抓不到重點，總是把事情越弄越複雜。斷沒想到今日的他，不但條理分明、認眞嚴謹，領導能力也是讓人驚豔。

我一直不想承認，這個人眞的變成熟了。我還常常在一旁希望可以看到他露出個蛛絲馬跡來，好讓我告訴自己：「看吧，果然五年前我的選擇是對的！」只不過，越是嚴苛的環境，柏恩看起來竟然越是自在。

就這樣到了最後一天，我們終於討論出要用什麼樣的商品企劃向總經理提案，好用來打擊對手 ALA 的商場壓迫。

只不過，就在我們要與總經理開會的前半小時，柏恩那名看起來沒什麼用處的業務 Ben 慌忙跑進大會議室。

「部長，完了啦……」Ben 手上抓著一大張 DM，我遠遠瞄到那 DM 上的用色與字型，並不像是我們家品牌專用的。

「怎麼了？」柏恩說。

「他們的新商品 DM 出來了啦，結果和我們討論的沒有兩樣……」Ben 說得滿臉驚慌，我則是一手將他手上那張廣告單搶了過來。

「心情不同?! 就換個心！」我看著 ALA 的標語，整個人神經緊繃了起來。沒錯，和我們討論的幾乎一樣，在我們的商品上使用不同的包裝，藉以區別新商品的多樣特性，方便消費者在購買的時候選擇。

「怎麼會……我們討論了這麼久，沒日沒夜地，就這樣被人家拷貝了……氣死人了，這家公司也太卑鄙了吧！」我的眼睛瞪得老大，爲何偏偏在這個節骨眼？難不成我們要向總經理說，我們想好的東西被別人抄走了嗎？

「這不是拷貝的，他們這已經是要上市的DM，他們不是現在才有這個想法的，因爲這表示他們的商品都已經製作完成了……」柏恩說。

「部長，我們等等不要讓總經理知道這個DM吧，假裝我們不知道就好了，不然這個新企劃要怎麼提……」Ben說出了我心中也閃過的念頭。

「部長，這樣不好啦，我們還是把這張DM帶進去，讓總經理也了解，這一切都是這樣陰錯陽差造成的……」Sally似乎也緊張了，這兩個人這幾天看起來一點情緒反應都沒有，現在到了生死關頭，開始有感情了。

「部長……」Ben持續呼喚著柏恩，只見柏恩沉默地看著那張DM，一語不發。

我這時也緊張了起來，我雖然不知道總經理對這件事情有什麼期許，可是身爲一個部長，既然答應了總經理的要求，就一定要做到才對。

「大家坐下來。」柏恩終於開口了。「現在是兩點半，距離和總經理開會，還有半個小時，我們仔細思考，還有什麼樣的商品企劃可以提出……」柏恩說的話，讓我驚訝了。他並不打算就這樣認輸，反而希望我們可以在最後時限內，想出另一個新的企劃。

Ben 和 Sally 面面相覷，似乎不相信他們耳朵聽到的聲音。

「部長，只剩下三十分鐘而已耶！」Ben 焦急地說。

「對呀，部長，這麼短的時間不可能啦！」Sally 也接著說。

忽然，柏恩展現出我從未見過的一面。

「不用管時間，大家只需要思考，時間不重要，做好自己的事情才重要……」柏恩的聲音瞬間大了兩、三倍，但是態度依舊和緩。

只見 Ben 和 Sally 兩人被柏恩震懾住，再也不敢講話。

「梅兒，妳怎麼看？」柏恩說。

「我、我本來就覺得這個企劃也還好，他們要用就給他們吧……」我的嘴巴很硬，卻在這時瞥到柏恩的嘴角露出了微笑。

「好，我們繼續想吧。」柏恩說。

只不過，時間一分一秒過去，中間我雖然提出了幾個想法，但都無法得到大家的認同。

而下午三點，和總經理約定的時間，已經來臨。

柏恩硬著頭皮，帶著我們幾個人來到了總經理室。

「好，希望我今天可以聽到一個令人滿意的企劃案……」總經理喬伊躺坐在辦公椅上看著我們。

「報告總經理，經過這幾天的討論，我們為了要提出一個讓 ALA 措手不及的企劃，推翻掉很多好的想法，其中梅兒副理幫了我們很多的忙。只不過，我們昨天確定出新的企劃案後，卻在半個小時前收到了這樣的訊息……」柏恩一邊說著，一邊將 DM 遞給喬伊。

喬伊看著 DM，再看向柏恩，似乎不懂柏恩的意思。

「是這樣的，總經理。」我站出來想替柏恩說話。「我們的企劃案和這個 DM

上面的產品，基本上沒有相差太多，但看起來他們已經準備要上市了。」

喬伊的眉頭皺了起來，眼神從我身上移到柏恩身上。

「是這樣嗎？柏恩，這表示這個禮拜以來，我所得到的結論是什麼都沒有嗎？」喬伊的聲音低沉，有種不怒自威的氣勢。

我無話可說，Ben 和 Sally 更是把頭低得看不見表情。喬伊辦公室裡面的氣氛，頓時就像是掉入冰窟一般。

「不是的，我們有另外的想法。」忽然，柏恩開口了。

我看著柏恩，眼睛瞪得老大，因爲剛剛最後的三十分鐘裡面，明明我們什麼東西都沒有討論出來。

「事實上，我們早就料到會有這樣的事情發生，因此，我們有準備另外一個企劃案。」我一直看著柏恩，實在很擔心他後面會接不下去。

「這個年代，每個人最希望買到屬於自己的東西，最怕就是買到和別人一樣的款式，女人尤其如此，因此，在三年前商品部的企劃中，摒除了某種原料，但如果我們使用那份原料，將可以推出客製化商品，只要預先製作好五種元素，就可以完全依照客人的喜好，隨機組合出上百種變化……」柏恩說得很肯定，我恍然大悟。

沒錯，如果依照柏恩的作法，的確可以創造出新的商品變化，只不過……

「只不過，你說的那個原料，是會提升成本的。」果然總經理非常清楚。

「我算過了，使用那種原料的話，成本將會提升十%，但事實上，我們的新產品可以招攬到更多不同面向的人，營業額預估將會提升四十%左右，扣掉提升的成本，我們還是有將近二十%的營業額提升。雖然利潤沒有增加太多，但這個專案的目的是對抗 ALA 的市場占有率，因此犧牲掉部分利潤我覺得是可行的。這是初步的想法，執行細節明、後天就可以提出來……」柏恩連珠砲似地闡述著，而我聽得如痴如醉，因爲以前的柏恩，眞可說是毫無創意可言。

喬伊看著柏恩，笑了，迅速站起身來，鼓掌。

「很好，柏恩，你果然值得相信。這樣一來，可眞是雙喜臨門了！哈哈哈……」

喬伊豪邁地笑著，柏恩微笑著反問。

「請問總經理，還有什麼好事情嗎？」柏恩說。

「我老婆懷孕了呀，哈哈……」喬伊高興地說起他的喜事，柏恩自然也跟著祝賀。不過總經理剛才的一句話，反而像一支針刺到我心裡。

「你果然值得相信。」——如果我五年前也相信他，眼前這個近乎完美的男人，不就是我老公了嗎？

我的心，糾結著……

第十六話

# 重修舊好

我們一行人走出總經理辦公室後，柏恩吐了一大口氣，看來到現在才放鬆。

在走回辦公室的路上，Ben 和 Sally 想起還有很多資料放在大會議室裡面，因此兩人走到一半，就和我與柏恩分開。霎時間，只剩下了我和柏恩兩個人。不知怎麼地，我心裡好像開始期待什麼。

柏恩一直陪著我走到商品部的辦公室前，開了口。

「對了，梅兒，今天晚上妳有空嗎?我有點事情想和妳說……」

我和柏恩的眼神一接觸，竟然不自覺地臉紅，講話也遲疑了起來。

「晚上……晚上好呀，我有空，要、要怎麼約？」我將一句話，切成了好幾段，心裡預期的地點，卻是那家長島酒館。

「哈，我懶得想新地點了，還是老地方吧。長島酒館，七點半可以嗎？」柏恩露出燦爛的笑容說著，看來解決了大老闆的案子讓他放鬆不少。

「好呀，那就晚上見……」我說。說完後一轉身，差點沒撞上正要走出辦公室的部長班森，使得我整個人看起來有點蠢……

回到自己的座位坐定之後，我三十五歲的外表底下，那顆三十歲的心竟然開始幻想起來。

這幾天，我和柏恩相處得這麼自然、這麼契合，感覺就像我們重新認識了彼此一樣。更不可思議的是，我從柏恩身上，得到了我久未嘗到的愛情滋味，那種心跳加速的壓迫感，早在五年前與柏恩相處的時候，就已經消逝了。

想到這裡，我忽然在意起另外一件事情。

五年前的我，其實還在和柏恩交往，雖然我心裡非常清楚自己對五年前的柏恩已經失去感覺，但柏恩仍然是我的男朋友。來到了五年後，我發現我竟然愛上了別人，雖然這個別人不是別人，但我道德上有點罪惡感。

如果今天晚上我和柏恩重修舊好，我不就等同於「劈腿」。我一方面還沒和柏恩有分手，另一方面卻和「五年後的柏恩」交往，雖然是同一個人，可是就實際接觸而言，根本就是不同的兩個人……

神呀，我有罪嗎？

這個問題說給神聽，神都不一定聽得懂吧……我想，只好走一步是一步。如果現在的柏恩真的對我展開追求，我一定招架不住，但反正我還有兩次跨越時空的機會，大不了我先回去和五年前的柏恩分手，再回來和現在的柏恩結婚。

看起來，這五年之間也沒發生什麼大不了的事情，我就這樣做，從三十五歲以後開始活，似乎也沒什麼不好的。

我自己邊想邊笑，完全沒注意到經理瑪姬已經注視我好久了。

「哇啊！妳幹嘛？」我說。

「哇啊！我才想問妳是不是中邪了，上班不上班，搞得自己像花痴一樣……」瑪姬嘴巴老是吐不出好話，我也懶得管她。

反正她看起來就是百年不變了。我跨越了時空來到這邊，只有她一成不變。

晚上，我準時到了長島酒館。

抵達的瞬間，我有點糊塗了，因爲外面雖然掛著長島酒館，裡面的裝潢擺設，卻和之前有很大的差異。我看到了之前的老闆。

「老闆，什麼時候改裝潢了呀？連背景音樂都不同了……」我說話的同時，餐廳內正播放著我沒聽過的歌曲。

「裝潢不改變，小姐都不喜歡了呀。當然，音樂也要換新呀，以前的音樂沒什麼人愛了，現在這個是最新的歌神『樹』，當紅的呀……」老闆爽快地講著，我卻有聽沒有懂。

我看到柏恩坐在角落的位置。我們以前常坐的位置已經不見了，看來爲了配合裝潢，似乎什麼都改變了。

「梅兒，坐。」柏恩紳士地幫我搬了椅子，一旁的服務生很快倒滿了紅酒。

「這裡都不太一樣了耶。」我環顧四周說著。

「對呀，五年了吧，我們兩個上一次一起在這邊喝酒，已經過五年了……」

「嗯，你變好多……這幾天，看你工作的態度，我眞的覺得判若兩人……」

「妳倒是沒什麼變，一樣漂亮。」柏恩難得說起好聽的話，口氣更是迷人。

「你現在連話都更會講了呢！」我笑著說，然後和柏恩輕輕碰了碰杯。

喝了一口酒之後，柏恩忽然微笑，只是看著我，也不說話。

「怎麼……現在流行不講話，用眼睛表達嗎？」我覺得，氣氛很好。

「不是……而是看著妳，我就會想，五年前的我眞是不爭氣，才會讓妳這麼美好的人，離開了我……」柏恩說得平靜，但這話卻讓我心裡酸了起來。

因爲看著現在的柏恩，我眞覺得五年前的自己也不值得他對我癡心。

「哈……你果然還是沒變，還是喜歡懷舊呢！」我故意想將氣氛淡化，也希望可以回到我們之前的感覺，卻沒想到這句話讓柏恩敏感了起來。

「我做了那麼多努力，應該有些不同了，沒想到還是被妳看出我那優柔寡斷的問題呢。」柏恩尷尬地說。

「我不是那個意思……」我正想要更正我的話，卻被柏恩接下來的訊息嚇得硬吞回去。

「果然，我還是適合別人呀！梅兒，今天約妳，是想要邀請妳參加我的婚禮。雖然聽春音說了，妳這幾年似乎都不太理會她，但我還是希望，妳可以接受我們，參加我和春音的結婚典禮，因爲妳是我們最重要的朋友……」

柏恩的話似乎還有後半段，只不過我的耳朵卻好像在中途就短路，訊息接受得越來越不清晰，餐廳裡老闆口中新歌神「樹」的歌聲，則像是無限上綱似地，音量越調越大，大到我不由自主摀起了耳朵。

或許不同的裝潢、不同的背景音樂、不同的座位，早就暗示這一切已經不會再相同了……

第十七話

# 雞生蛋生雞

在泰山的家裡，我獨自坐在客廳。窗外從一整片藍天大太陽，變成了陰雲，到最後是小雨窸窣地拍打著落地窗。

我算是失神了半天。

從昨天晚上聽完柏恩的話之後，我就整個人不能自已，雖然如此，但我也因此了解了一大部分我沒辦法理解的事情。

很顯然五年前我拒絕了柏恩的求婚，甚至應該說，我直接和他分手了，也許我在期待著可能是喬伊的那個寄件者，可以出現然後給我新的選擇，但是現在看起來，那是我錯誤的想法。

然後，就在我和柏恩分手之後，柏恩轉而奔向春音，或是春音主動找上了柏恩，這我現在不得而知，但如果眞的是我確定要與柏恩分手的話，我應該也不會多生氣。照柏恩這樣說起來，應該是春音主動，才會讓我不悅，否則這空白的五年，不會每個人都認爲我很陰沉、心情很差才對。

只不過沒想到的事情是，五年後的柏恩變得如此迷人，早知如此，我就不需要和他分手了，因爲我現在完全愛上五年後的他。所以，我現在又應該怎麼辦呢？

我不知不覺離開客廳，走到那間小房間外，抬頭一看，美和正巧經過。

「幹嘛，想回去了呀？」美和說。

「……也許吧，我再想一下……」

「想清楚唷，不要跑來跑去地……」美和幸災樂禍地說著，又離開了。我握上小房間把手的手指，這時又悄悄鬆開。

我在心裡決定了之後的計畫。

於是，我打了個電話給柏恩，我們兩人在公司外面隨便找了一間咖啡廳。

「這麼急著找我，什麼事情呀？」柏恩說。

「呃……你和春音不是要結婚了嗎？我想說，這幾年我都很少和你們相處，不知道你們交往的過程，一定有很多好玩的事情吧？既然都邀我去參加婚禮了，我對這些往事就更有興趣……」我假笑著說。

「……昨天晚上妳都沒什麼回應，我想說妳還在不高興呢……」柏恩說。

「沒有啦，昨天我是有點嚇到，因為這段期間都沒有聯繫，沒想到忽然就要結婚了，一定會嚇到的吧。可是回過神之後，我就想說應該要好好參與你們的愛情才對……」我心裡頭直作嘔。

「這樣呀！如果春音聽到的話，一定會很開心的……」柏恩說，我陪笑。

「說起來，我會和春音在一起，還眞的是梅兒妳幫的忙……要不是當時妳拒絕了我，然後我在喝得爛醉如泥的時候打給妳，剛好是春音接的電話，就從那通電話開始，春音就開始常常關心我，常常與我聯絡了……」柏恩回想著往事的表情，讓我心裡很不是滋味。照理說，他應該滿嘴說的都是我和他的事情才對。

只不過，這也讓我證實了一點。當年，是春音主動的。也就是說，其實春音早就對柏恩有好感了。

「原來是這樣呀，沒想到我間接促成了你們的好事，我可眞的稱得上是個媒人呢……」我覺得我的演技可以拿金鐘獎。

「對呀！」柏恩笑著。

「那中間是有什麼更重要的日子，讓你們決定在一起，甚至是決定結婚呢？」我追問著。當然，這是我的計畫。

柏恩是那種將過去的事記得一淸二楚的人，我就利用這點，將他這五年來和春音重要的時刻、重要的定情日，全部記下來。

我的計畫就是，我要回到五年前，然後破壞掉春音和他的任何接觸，這樣只要再過五年，柏恩就會是我最理想的男人了。

柏恩一路說得精彩，我也記得相當詳細。總而言之，這幾年，有好幾次春音設計好的浪漫驚喜，都讓柏恩相當感動。

我知道，那也是我絕對不會做的事情。

就這樣一路聊到了半夜，柏恩眞的是個相當念舊的人。聽完了他和春音的事情之後，我問了幾個我自己眞心想知道的問題。

「柏恩，我可以問你，你這幾年爲什麼會變得這麼成熟嗎？眞的像是變了個人。」我說。

柏恩喝了一口咖啡，若有所思，欲言又止。

「這個眞的是要謝謝妳……要不是妳在分手時說得那一番話，我不會去思考男人應該是什麼樣子的，我也絕對不可能成爲現在的我，眞的感謝妳。」

我恍然大悟。只不過，心裡卻又是如此煎熬。因爲我和他分手，所以柏恩才會變得如此成熟，那也就是說，如果我五年前繼續與柏恩在一起，甚至和柏恩結婚，我現在看到的他，就會和五年前那個滿嘴過去、優柔寡斷的人一模一樣了。

這樣的話，現在我也不會重新愛上這個人……

這實在是個很詭異的邏輯，如果當初我選擇了，這人就不完美；正是因爲當初我放棄了，這人才變得更好，但卻已經是別人的男人了。

聽完之後，我更堅信我的計畫要如何實行。一方面要回去五年前拒絕他，一方面要執行斷絕與春音來往的行動。

我不自主地點著頭。

「不過說起來，好久沒看到梅兒妳這麼開心了呢！這幾年妳一直都鬱鬱寡歡……」柏恩正好講到了我想問的重點。

「對呀，那……我到底是什麼時候開始變成這樣呢？」我心裡知道不是和柏恩分手之後，一定有另外的事情。

柏恩這時忽然嚴肅地看著我，嘴唇微微開闔著。

「妳自己沒感覺吧，我想……就是子萱癌症過世那時候開始……」柏恩的話一字一字清楚打在我腦際，我聽得清晰，卻無法反應。

「那個鼻咽癌如果早一點叫她去檢查，其實是不會那麼嚴重的……」柏恩的表情不勝唏噓，而我發現自己握著玻璃杯的手，抖著……

我想起了幾天前，我還處在五年前的時空時，子萱不停打噴嚏，被大家笑著的情景……

我巴不得瞬間回到原來的時空裡……

第十八話

# 淚人兒

在打算回去我原本的時空之前，我難掩悲傷地一個人坐車到了公司，雖然我知道回到五年前，公司也沒什麼變化，但是在聽完了柏恩描述子萱的事情之後，我就不自覺地搭車來到這裡。

走進了商品部辦公室，走到了我的位置。我小心翼翼拉開大抽屜，在大抽屜最裡面的夾層，拿出了那個小信封。

那是當年子萱在我升職時，偷偷塞給我的小信封。當時我還來不及看，現在拿出來，信封已經有點發黃。

Dear 梅兒姐：

謝謝妳這一年來的照顧，我從妳的身上學到好多事情，這個升官，我認為是遲來的肯定，今後也還要妳多多愛護我唷！

愛妳的子萱

現在我當然知道了，這幾年來我一直不開心的原因何在。那麼可愛活潑的小女孩，一直幫我處理一堆工作上的雜務，我一直以爲她會擁有美麗動人的將來，怎麼會想到，那麼年輕就因病離開。

更何況，我們這些身邊的人，沒有一個察覺到會發生這樣的事情。就如柏恩說的，如果提早去檢查的話……如果提早去檢查的話……

辦公室裡，迴盪著我忍住不敢哭出的哽咽聲，我一手摀住自己的嘴巴，兩條腿虛脫地半跪在地上。

事情，幾乎都不是如我想的呀……

雖然我哭得傷心，但心裡卻也有另外的盤算。假如說，我趕回去五年前原本的時空，提早讓子萱接受治療，這件事應該不會發生才對。

在撫平自己的情緒之後，我搭車回到家裡，因爲認定了一堆事情等著我回去處理，因此我的動作很粗魯，三步併作兩步往小房間跑去，也不想向美和多說些什麼，一屁股就坐進六芒星中央，準備念咒語。

就在我閉上眼睛的當下，我聽到了我的手機鈴聲，雖然微弱但很清楚。我知道我的手機放在客廳的桌上，我可以儘快離開這個時空，這樣那通電話就和我一點關係都沒有，可是我一閉上眼，那鈴聲就像擾人的蚊子般，在我耳邊吵個不停。

我的咒語被搞得斷斷續續。我深怕自己因爲咒語被干擾而跑到什麼遠古時代，因此，我還是決定先起身把那通電話接起來。

我動作敏捷地跑到客廳，接起手機。

「喂，哪位？」我有點喘，只是沒想到對方的聲音不比我正常。

「嗚……我……Angel……」我確認了一下，的確是 Angel 的聲音。

「怎麼了？妳的聲音怎麼聽起來這麼……怪？」我說。

「梅兒姐，妳可以陪我聊聊天嗎？嗚……」Angel 的聲音聽起來像在哭泣。

「好呀，妳說，妳說……」我雖然趕時間，不過來到這個時空後，我一直沒有和 Angel 講到話。

「梅兒姐，談戀愛……一定要這麼苦嗎？我好難受……嗚……」聽得出來那頭的 Angel 已經有點歇斯底里，但我真的不懂她到底發生了什麼樣的事情。

「妳可以不要這麼難受呀，Angel，妳和梅兒姐說，發生什麼事情了？」我忽然想到，這幾年，她一定很想找我聊天，只不過，我看起來比她還要陰沉。

「梅兒姐，謝謝……終於有人願意聽我講話了，謝謝。我好愛他喔，就像梅兒姐妳說的，他是個成熟的好男人，可是我卻只能分到一點點……」Angel 的話雖然斷斷續續，但是我大概可以判斷得出，和 Angel 交往的這個男人對她不是很好，否則我不會看到五年後的 Angel 那麼憔悴，完全和五年前的她判若兩人。

「好，好，Angel乖，不要哭唷……改天梅兒姐去找妳吃飯，妳再好好把事情說給我聽，好嗎？」我像安慰小孩般安慰她。聽起來，Angel的情緒確實有平緩的趨勢。

「眞的嗎？梅兒姐，妳不能騙我唷……」Angel的聲音聽起來好多了。

「當然，梅兒姐什麼時候騙過妳。妳趕快洗把臉，先休息一下好嗎？」Angel答應完我的話之後，就把電話掛了，我則是吐了口氣。

看來，五年後的大家，並不是每個人都好，而且和我想像的完全不一樣。我這趟回去，可得要好好幫助大家才是。

當然，我自己的幸福計畫，才是最重要的事情。

我重回小房間，坐進六芒星圖陣中，然後回想當時美和教我的咒語。

我在嘴裡默念複習了幾次之後，正式在咒語後面加上時間座標，然後開始反覆唸著。

這一切過程都和當初來的時候沒有兩樣，我先是感到身體左右晃動，接著就是上下晃動，然後就是意識被掏出身體之外的脫離感。

浮光，掠影，人臉，景象，聲音，所有事物都開始扭曲。順時針，逆時針，不規則，轉動，抽動，流動，然後最後漸漸進入了一個原點。

平靜不了多久，上述動作像是影片倒轉般重複了一次，最後我就像搭到遇上亂流的飛機，在失去平衡的狀態下亂衝亂撞著，隨後晃動漸漸平復，我的眼前依舊是一片漆黑。睜開眼睛之後，我看見美和躺在沙發上醒來，而我也坐在客廳沙發上。

我看了一下日曆和時鐘，基本上，這個時間和我原來要去五年後的時間點，只差了十分鐘左右。

也就是說，當時的我在小房間內，意識飛到了五年後，然後與美和兩個人走到了客廳坐了下來，美和睡著了，而我可能還坐在沙發上，思考著。

我已經在五年後的世界裡經歷了十天左右，然後再度回到現代。

「又地震?妳又回來了?」美和略帶驚訝。「也是，也不知道妳在那邊過了多久，只不過妳好像十分鐘前才離開而已……」美和說完倒頭又睡。

很巧的是，我睜開眼睛沒多久，就聽到我的手機響了。一時之間我還以爲是Angel，不過看了來電顯示之後，我就知道是誰了。是我的好朋友，春音。

第十九話

# 各懷鬼胎

「喂，妳沒事吧？昨天晚上喝成那樣，差點嚇死我了。」春音好意關心我。

「喔，喝多了而已，沒事。」

「那妳怎麼決定？要和柏恩說NO嗎？」春音這話，如果在正常情況下我一定不會多想，只不過，我已經知道她的意圖了。

「應該吧。」不過我也不會因此改變我的決定。

「還是說，如果妳不好講的話，我可以幫妳和他說？」春音這句話，就開始顯露她的眞心了。

「不會不好講，我還是得要獨自面對他。」我說得斬釘截鐵。

「嗯……那麼，如果妳解決完心情不好的話，再打電話找我吧，隨時歡迎妳來喝酒。」春音的聲音聽起來多甜，我就多麼能夠想像她已經在等待我和柏恩分手，等著自己接收呢……

「一定會找妳的，謝啦。」我虛與委蛇之後，掛斷電話，腦子開始轉著。如果以正常的歷史發展，我應該是和柏恩約了明天晚上見面，然後我拒絕他，結果柏恩很難過地跑去喝酒，我也很難過地跑去找春音喝酒。然後柏恩不死心，繼續打了電話給我，只不過我可能喝醉或睡著了，沒有接到，春音就在這個時候接起電話，然後兩個人就有了開始相處和後續聯絡的機會。

也就是說，如果明天晚上我和柏恩講完之後，可以維持自己的心情，那麼這通電話，柏恩依舊會打來，但會是由我接到。如此一來，春音就沒有機會染指柏恩了。

想著想著，我看到了客廳裡的東西都因爲地震離了位，東倒西歪。我告訴了自己一聲，我回來了，是時候好好整理所有事物了。

隔天早上，我進到公司，所有事情都像昨日一般，Angel依舊活潑，朵拉依舊三八，小帥哥Andy還是很辛勤地工作著，而我最在意的子萱，早在我進公司前就坐在座位上，努力打著字。

我不自覺紅了眼眶，然而又想起這一切沒有人知道，我得要來把事情處理得更好才行，於是我大步走向前。

「子萱，妳在這裡做什麼？」我大聲叫著，辦公室每個人都側眼看著我。

「梅兒姐，我在上班呀！」子萱張大了她的大眼睛，不解地望著我。

「起立！」我用當兵般的命令指使她。

子萱有點害怕，緩緩起了身。

「梅兒姐，什麼意思呀？妳不要嚇我啦……」

「今天不准妳上班，給我去醫院做檢查……」我嚴肅地說著。

「啊？」子萱這時有點想要笑出來，她可能認爲我是在和她開玩笑吧。

「梅兒姐，不行啦，我手頭上還有好多份報表沒處理完，我不能請假啦。」子萱還是以工作爲重的，打算拒絕我的命令。

「工作不重要，那些事情我幫妳做。妳去最大的醫院掛號、做檢查，要記住，要做最精密的檢查，我要看到報告，否則不准妳來上班。」我不帶笑意，只希望子萱可以眞的照我的話去做。

「梅兒姐……」子萱站著看我，半晌說不出話來。

「快去吧。」我又補了一句之後，子萱才不太甘願地整理東西，走出辦公室。

「幹嘛？新官上任三把火唷！」一旁的朵拉興高采烈地大叫著，看著她，我只想說，五年後的朵拉實在是過胖了。

「妳呀，管好妳的婚禮吧……」我嘴巴雖然這麼說，但是心裡面卻很清楚，朵拉再過幾天，就會認識順子，然後就會和安東尼分手。

我看著身邊的夥伴，忽然覺得回到現在眞好，我想好好和這些人相處，想要知道朵拉不結婚的心路歷程，也想要分享班森再婚的喜悅。想到這裡，婀娜多姿的

Angel 正從我面前走過，俏皮地和我打招呼。

「梅兒姐，吃早餐了沒？」

「謝啦，我吃過了。」我說。

Angel 到底是和誰交往，又發生了什麼樣的事情，讓她在五年之後變成那麼憔悴的模樣？我決心這一趟什麼事情都不放過。

「梅兒，妳叫子萱休假，那子萱的報告妳今天要給我趕出來，聽到沒有？」瑪姬的聲音忽然殺至。我想，這是我最不想去回味的部分了……

電腦螢幕的訊息視窗跳出，柏恩已經迫不及待想要知道我的答覆。我喘了口氣，對於這些即將上演，卻又早已經知道劇情的戲碼，心情很是複雜。

「梅兒，上次和妳說的事情，妳想好了嗎？」

「差不多了。」

「不要現在告訴我，這種事情，我希望當面談。」

「好。」

「那今天晚上八點，長島酒館見。」

「好。」

關閉了柏恩的視窗後，我心裡思考著很奇妙的問題。如果今天見了面，我發現柏恩瞬間變成了五年後的那個樣子，我是否會答應他？又或者說，如果我今天先答應他了，然後，我們兩人結了婚，五年之後，柏恩是否會變成了我先前見到的五年後的他，那麼樣的成熟穩重？如果是那樣的話，我可以忍耐個三、四年，等待柏恩成長，這樣一來，我也不用去防堵春音的滲透了，不是嗎？

只不過，柏恩自己也說過，他是因爲被我拒絕後，心裡才有可能變化，才有可能因此而成熟，搞不好我現在和他結婚，五年後的柏恩還是和現在一樣，那我到時候不就更慘，還得要搞離婚什麼的，傷害可能更大……

就算我去過未來，但還是不能掌控情況呀，而且這五年，怎麼好像是我人生變化最大的五年呢？

還是說，其實每個五年拆開來看，都是如此詭譎多變呢？

第二十話

# 最爛的戲碼

長島酒館內，五年來不變的老位子，柏恩早已在八點之前坐定。而我，試著讓自己放空，試著讓自己不要受到曾經到過未來的影響，想要用最自然的我，與柏恩交談。

「梅兒，這邊！」柏恩依舊像個好好先生般揮著手，似乎幾天前在這邊發生過的不愉快，一丁點都不存在他的腦海中。

坦白講，光是這句話，就開始讓我反感。我當然知道位子在哪邊，因爲這幾年來，位子根本沒換過啊。

柏恩似乎有點得意地往餐廳老闆的方向打了個暗號。果然，T&D的〈未來〉前奏響起。我曾經在五年後懷念起這首歌，但是人眞的很妙，就因爲現在的柏恩裝模作樣，使得我對這首歌感到反胃。

「妳看，一切都沒有變吧，就像當年我們兩個第一次見面一樣。」柏恩的開場白來了，看著他的嘴唇，我實在很難想像五年後那個成熟穩重的業務部部長，是我眼前的這個人。

「夠了，停止。」我不得不制止。

柏恩的嘴巴半開，硬生生被我按了暫停，然後隨卽想用假笑來帶過這一切的尷尬。

「我知道，過去的事沒什麼好說的，我們需要面對的是未來，就像這首歌一樣……」柏恩露出了沉溺於幸福未來幻想的表情，我卻在不知不覺中，無名火越燒越旺。

「等一下，你是不是認爲我一定會說『好』？你是不是認爲我一定會嫁給你？」我說得很快。

「對呀，妳不嫁給我要嫁給誰呀？哈哈……」柏恩笑得像小孩子一樣，我知道這是他天生的治癒能力，因此我們兩人很難吵架，最多就是我對他發脾氣，而他臉色難看而已。

柏恩這時候又向餐廳老闆彈了彈手指，很帥氣地接下服務員送來的盒子。

「接下來，就是今天晚上的重頭戲了……登登登！」柏恩將小盒子放在桌上，我當然看也不用看，就知道那個盒子和前幾天那個是同一個。這感覺像是柏恩認爲我上一次不高興的原因，是因爲他弄得不夠浪漫，而不是我最後說的那些話，因此今天晚上，他又添加了點創意，一些稱不上新意的創意。

「我不想嫁給你。」我不理會柏恩的任何口技聲，我直截了當地說我的答案。

「什麼？」柏恩的表情依然帶著笑容，只不過，他有點驚訝。

「我不想嫁給你。」我又重複了一次。

柏恩在空中揮舞的手這時候才停了下來，然後毫無表情地看著我的眼睛。

「梅兒，我可能聽錯了，妳可以再說一次嗎？」柏恩說。

「我不想嫁給你。」而我，連續三次講的話都一樣，同樣的語氣，同樣的字句，同樣的音調。

柏恩頓時像洩了氣的氣球，全身軟趴趴地往後攤在椅子上。

〈未來〉的副歌正在餐廳裡激昂地迴盪著，我和柏恩兩人，坐在老位子上，一句話都沒講。

就這樣，直到〈未來〉這首歌播畢，背景音樂完全消逝後，我們兩人，還是一樣一語不發。

柏恩的眼神空洞，彷彿失去生命，只是低頭看著那個小盒子。我想，可能那個小盒子曾經帶給他很多關於我的想像吧。

我一直坐到覺得沒意思的時候，才打算離開。

「沒事的話，我先走了。」我說。

「等一下，可以告訴我爲什麼嗎？」柏恩終究還是問了這樣的問題。

「上一次我說過了不是嗎？你以為我在開玩笑？你不夠成熟呀，如果我和現在的你結婚的話，你一定不會有什麼出息，你一定只想著每天回家和我一起吃晚飯，一起看 DVD、一起聊天……」我帶著情緒說出了這番話。

「這樣不就是最好的嗎？這不就是我們追求的一起生活的意義嗎？」柏恩露出了難得的強硬。

「我不只要這些呀，我還想要多些，我希望我的老公除了顧好家庭之外，更會追求自己的成就。陪我吃飯當然很好，但是我希望看到我的老公更有出息呀……」說話的同時，我腦中總是浮現柏恩在大廳裡面，女社員看著他喊部長，而他打著招呼的英姿，我希望那是我老公，我希望柏恩現在就是那樣。

「為什麼妳這麼在乎那些事情，以前的妳不會這樣呀……」柏恩稍微激動了，而我聽到他的這些話，更是不愉快了起來。

「以前的我不會這樣，但讓我告訴你，以後的你也不會像這樣想，以後的你會感謝我，會知道我講的這一些對你來說有什麼好處……」說完這幾句話，我已經站了起來，我認爲我已經充分表達了我的意思，再留在這個地方，只會爆發更嚴重的口角而已。

沒想到我的手腕，被柏恩一把抓住。接下來柏恩的表現，讓我更是失望。

「梅兒，妳可以不要走嗎?可以再考慮一下嗎?」柏恩的眼眶裡面滲出了淚水。這樣婆媽的行徑，讓我打從心底的反感。

「你放手，我眞的很不喜歡你這樣。」長島酒館裡的客人開始注視起我們來，畢竟情侶吵架是非常顯眼的事情。

「梅兒，沒有妳……我不行……」柏恩這時眞的哭了起來。這可能是我遇過最受不了的情況，我痛恨男人如此。

「放手!」我用力一揮，甩開了柏恩的手，然後說出了不是演技上的台詞，是眞心話。

「我不想再見到你。我們，分手吧。」我順著這個勢頭，往門口的方向走去。更難堪的是，我竟然聽到背後傳來柏恩痛哭失聲的聲音。

我眞的不敢想像，一個大男人因爲這樣的事情而哭著，而這男人，是我交往了五年的男朋友。

那一瞬間，什麼五年後的模樣，什麼再度復合的念頭，都在我腦海中煙消雲散，我只慶幸自己沒有繼續留在原地。

第二十一話

# 如期進行

第二天，我稍微因爲昨晚的情緒，失眠了幾個小時，延後了進公司的時間。只不過當我走進商品部的時候，我看到了在會議室內等待的男人，一個陌生的男人。

「誰呀？」我一把抓住了正要進會議室開會的朵拉。

「下游廠商呀，好像是叫做順子之類的。」朵拉一副不太感興趣的嘴臉。

順子？我腦子裡亮起了燈泡。沒記錯的話，這個男人不就是朵拉後來的老公嗎？原來就是在這個時候出現呀……

「看起來挺有型的呀，好像是妳的菜耶。」我故意引導式地說著。

「拜託，我都快要和安東尼結婚了，別開玩笑了。」朵拉嘴巴都癟了起來。

「拜託，我都能和柏恩分手了，妳和安東尼……」我使了個眼色，朵拉聽完我的話有點嚇到。

「你們分了？」

「不然咧。妳和我打賭好了，我賭妳會喜歡上裡面這個男人。」我眞調皮。

「哈哈，妳以爲我眞的像妳一樣，說分就分呀。來賭呀，怕妳不成。」朵拉伸出了手指，我也很豪爽地貼著她的手指頭，迅速做完打勾勾的動作。

朵拉隨後向我做了個鬼臉，走進了會議室。這時我的臉才垮了下來。說分手，眞的需要很大的能量，以及抵抗罪惡感的能力。

「梅兒姐，怎麼了？」Andy 很體貼地立刻來了訊息。

「分了。」我說。

「分了?和柏恩哥？」Andy 似乎也很訝異。

「對呀。」

「只因爲柏恩哥在工作上，不夠強嗎？」Andy問，我卻被這句簡單的話問倒了。

就只是因爲這樣，所以我一定得要分手？我自己也不懂，柏恩當然還是很好，只是我希望更好，可是，到底要多好呢？

「女人要的安全感，到底是建構在哪些事情上呀……」我還沒有回答，Andy已經頗有感觸地又來了一句，我感覺後面這話是寫給他自己看的。他的情敵，肯定在這方面贏過他很多。

我有點不想回應了。我看向身後子萱的座位，空的。於是我拿起了電話，撥往子萱的手機。

「喂？子萱嗎？我是梅兒。」我說。

「梅兒姐……」子萱聽到我聲音之後，話就說不下去。我心裡有數，畢竟這一切我在五年後都知道了，這也是我要她趕緊去檢查的原因。

「不要哭，跟我說，發生什麼事情了？」我安慰著子萱。

「好像……不太好……有可能是癌症，還要等報告……」子萱斷斷續續地將我早就知道的情況告訴了我。

「不要怕，癌症提早治療的話，還是可能治癒的。妳好好休息，報告出來之後，記得讓我知道。」

「好，我會的，梅兒姐，謝謝妳……」子萱乖巧地說，聽得我眼眶又紅了。

掛掉電話之後，我算是鬆了一口氣，畢竟事情都如我預期地進行著。假設柏恩說的沒錯，提早發現子萱的病情、提早治療，應該不會危及性命才是。只不過，我一想到我的計畫還要五年後才能完成，心裡不自主地先疲累起來。想起昨天晚上柏恩的模樣，又覺得有點於心不忍。

晚上下了班，我有一股非常想要喝酒的欲望。昨天才剛分手，回到家面對的又是那個陰陽怪氣的美和，我差一點就下意識地想要搭車去找春音。

我知道，原本的歷史，就是這樣產生的。於是我忍住了我的孤獨感，硬是買了份炒麵，回到家中。

我坐在客廳裡，開著電視，讓電視的聲音恣意喧嘩著，然後我也打開了電腦，隨意點著網頁。我不知道要如何排遣我的心情，眞的好希望有人可以陪我喝杯酒，說幾句話。

就這樣一路忍到了晚上十點左右，電鈴忽然響了。

這是非常稀奇的現象。基本上，除非有小朋友想要來鬼屋探險，否則一般時候，我家都不會有人來的。

我出了門，開了外面的大門，差點把我嚇了一跳。

「哇！」我大叫，叫得讓春音也叫了。

「哇！什麼啦！」春音猛打我，看來我的叫聲眞嚇到了她。

我當然知道我嚇到的原因爲何，因爲今天晚上就是想要避開她，改變歷史，卻沒想到她雙手拿滿了酒瓶，一副要來解救我的姿態。

「黑漆漆的，我看錯了啦。妳怎麼來了？」我明知故問。

「我知道你們昨天談了呀，就想說，不管結果是好是壞，妳應該都想要喝酒才對，就來啦。」春音說得天眞，我那一瞬間還眞覺得，這朋友眞不賴。只不過我的理智立刻告訴我自己，別被她騙了，今天晚上千萬要挺住，如果被她灌醉那就完了……

「進來吧。」我領著春音進到客廳，然後她動作敏捷地到廚房拿出酒杯，二話不說就先斟滿了兩杯紅酒。

說眞的，這時我眞的需要酒精，於是兩人很爽快，第一杯酒沒什麼特別原因就先乾了。

「所以，結果是？」春音問。

「分了。我拒絕了求婚，也分手了……」我說。

春音搖頭，繼續斟酒。

「那沒辦法，恭喜妳呀。」我看著春音的嘴角，不知怎麼就覺得她強忍住笑意，感覺是在恭喜她自己的樣子。

很快地，一個小時不到，我們兩人又喝了兩瓶紅酒。胡言亂語的時間又到了。

「嫁給他眞的不好嗎？妳怎麼不試試看呢？」春音說。

「我問過哆啦A夢了啦，不好、不好……」我說。

「最好是啦，那哆啦A夢有說，我的未來老公好嗎？」

「妳的未來老公，是……豬……」我狂笑著，然後又和春音喝了第三瓶紅酒、第四瓶紅酒。

中途春音似乎有驚訝，只不過，最後她終於不支倒下。十一點三十五分，我的手機響了。

是柏恩。

如果是原本的歷史，那就會是我倒下，春音幫我接了電話，只不過這次不同。我迅速接了電話，久久聽不到任何聲音。

「梅兒……我眞的……沒有妳……不行……」柏恩的聲音，悲悽到我聽得都心痛起來。我沒有想到，對他而言，我的離開會是這麼大的打擊。

我也能想像，如果是春音接到電話，或是說，不管是誰接到這樣的電話，都會心疼柏恩……只不過，爲了要讓柏恩成長，我不能心疼……不能……

我忍住眼淚，按下了關機的按鈕。柏恩的聲音，就這樣硬生生斷掉。我在這頭，眼淚也難過地流了下來……

忽然，醉倒的春音呻吟著。

「妳今天酒量……眞好……」春音無意識地說，我也醉呼呼地回。

「廢話，我先喝了解酒液呀……哈哈……笨蛋……」

不過春音根本聽不見……

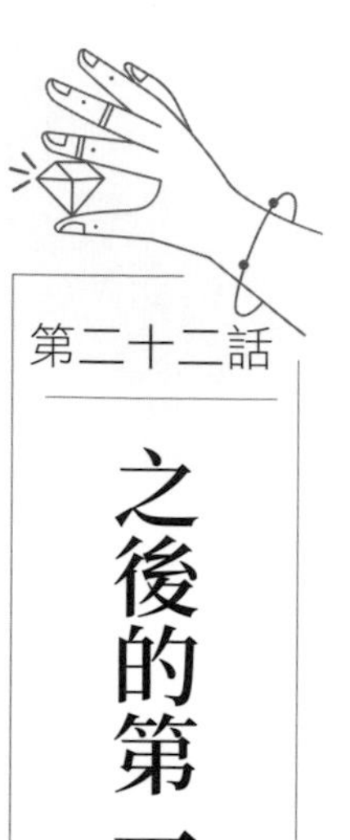

第二十二話

# 之後的第一年

時間邁入了我回到原本時空的隔年，也就是說，這是我要經歷的第一年，許多事情都和五年後柏恩和我說的情況相同。當然，我也不能讓某些事情發生。

像是今年有兩個比較特別的事件，一個是下個月喬伊的婚禮，另外就是柏恩與春音的第一次約會。

當然，前者說實話不關我的事，但後者是我需要用心提防的。

子萱的報告出來之後，確定是鼻咽癌，她也非常堅強地面對了，不過她依舊打算繼續工作，我也儘量分擔她的事情，畢竟接受化療的患者，體力方面並不會太好。

而朵拉果然輸掉了和我的賭注。結婚前夕，她反悔了，先是取消婚禮，火速和安東尼分手，然後和那位「下游廠商」順子先生開始交往。

過了三十歲的女人眞的很奇妙。我看著朵拉每天繼續享受愛情的滋潤，我不禁懷疑，不和安東尼結婚，根本是因爲朵拉自己還不想結婚，而不是因爲安東尼不是她的眞命天子，畢竟朵拉和順子交往之後，吵架的頻率比起安東尼時代幾乎高了兩倍。除了順子比較不在乎朵拉的外表，讓朵拉可以盡情享用美食之外，我實在看不出來，順子有什麼地方比安東尼更適合朵拉。

然而我想想自己，或許也只是因爲自己雖然害怕老化，卻又不想過早步入家庭，才會和柏恩有這樣的結局吧。

三月份，喬伊的婚禮。

喬伊在公司裡面的表現以及人脈，似乎早在這個時候就已經可以確定，他會是下一屆的總經理，因此在婚禮上，即使是我們這些其他部門的人也都到齊了。

婚禮的排場很大、很豪華，每個人都被要求穿著正式禮服到場。Angel 的美豔幾乎讓現場所有男士看傻了眼，惟獨 Andy 像是身體不舒服，整晚的臉色都非常難看。

「Andy，你身體不舒服呀？」喜宴上，Andy 就坐在我身邊，我相當關心這位小老弟。

「可能吃壞肚子了吧，沒事……」Andy 嘴上說是吃壞肚子，卻拿著酒杯一杯接一杯喝，要是不認識的人，可能以爲喬伊搶了他的女朋友做老婆了。

婚禮開始後，喬伊牽著他的外國人老婆進場，金髮藍眼睛的新娘，雖然對東方人而言，她的身材算是魁梧了些，但是貌似洋娃娃的外表，還是博得了滿堂彩。當司儀介紹到他們兩人愛情長跑了四年，我才意識到，當初我收到「未來老公」的信件時，喬伊早已經有交往對象，我不明就裡，還表錯情。

就在全場的掌聲和叫好聲中，我看到 Andy 默默離開，而我當時也沒有想到，這一走後，我幾乎沒有機會再見到他。

因爲隔天上班後，Andy 就離職了。

沒有半句告別的話，只給班森部長寫了一封離職信，信的內容大抵是他覺得他在這裡沒有發揮空間，因此想要去找另外的環境，非常對不起大家之類的。我試著與 Andy 聯絡過，但永遠都是空號。

我不禁感嘆，就算在我身邊發生，就算我沒有跳過時空，很多事情背後的眞相我還是無法了解。

但，我沒有空閒緬懷這些，因爲五月份就是春音和柏恩第一次約會的時間。

根據柏恩的說法，從年底我和柏恩分手之後，春音便會持續打電話給柏恩，關心他的近況。柏恩雖然感到有安全感，卻並沒有想要與春音約會，一直到五月份這一次，春音說她拿了三張電影票，想要找柏恩和我一起欣賞，並且暗示柏恩這可能是和我復合的好機會，柏恩才答應了邀約。

但是，到了看電影當天，據說我放了他們倆鴿子。事實如何我無法證明，但是我能夠想像，現在春音應該是拿到了兩張電影票，並且在思考要如何找到柏恩，和他一同觀賞。

到了四月底，果然春音的手機來電殺至。

「喂，梅兒，下個月第一個禮拜六妳有沒有空？」春音說。

「有空，請說。」我簡短回應。

「我這邊有兩張電影票，我在想說，我們可以一起去看。」

「我不太想去看。」

「那你給我柏恩電話，我找他去看。」春音這句話說得我毫無防備，我沒想到她會這麼直截了當。

「什麼？」

「我說妳不想看的話，給我柏恩電話，我找……」

「我聽到妳說什麼了。」我將春音的話打斷。

「那妳還問？」

「妳對柏恩有興趣？」我說。

「……是還不錯……」春音說得保守。

「那曾經是我男人耶。」我有點不高興了。

「你們都已經分手了，而且妳傷他那麼深……」

「就算是那樣，妳也不應該打他主意呀！」

「我不懂，妳自己不喜歡人家，甩了對方，然後又不准別人對他好嗎？」

「妳怎麼知道我們之後不會復合呢？」

「妳如果會復合，妳就不用怕給我柏恩的電話呀。」

「我不會給妳的。」

「……妳很自私……」

「妳說什麼？」

「妳只顧妳自己，不顧柏恩，也不顧慮我……」

「妳是怎樣，從以前就喜歡柏恩了嗎？從我們在一起的時候妳就喜歡他了，對吧？」

「那不是重點，重點是你們已經分手了，我想要關心他，他也不見得會接納我呀，妳緊張什麼呀？」

我心想，妳不知道未來的事情，當然說得輕鬆。我知道，而且我愛未來的柏恩，我怎麼可以這樣讓妳搶走。

「不管怎麼說，我不會給妳電話。」

「不給就不給，難道我查不到嗎？」

「春音，妳敢和他聯絡的話，我就不認妳這個朋友。」我急了。

「隨便妳吧，妳這個自私鬼……」春音掛電話的速度，竟然比我還快。我聽著手機裡面嘟嘟的聲音，心裡懊惱著計畫全盤失敗，而我和春音的感情，就像原本應該走的歷史一般，完全交惡。

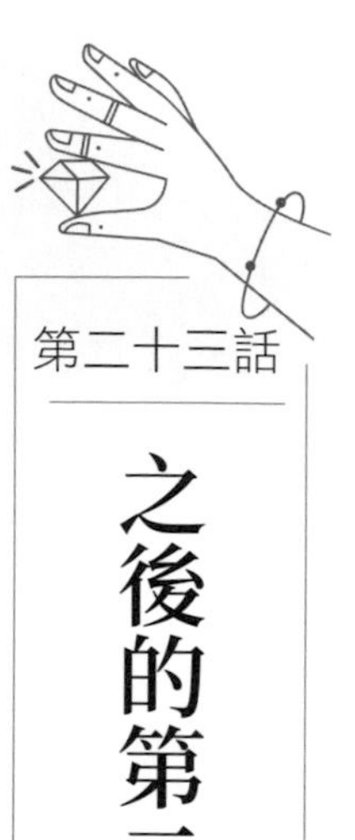

第二十三話

# 之後的第二年

去年一整年，我完全沒有見到柏恩，只從同事口中聽到他升上了副理，成了不折不扣的工作狂。

我相信去年我阻隔了他和春音的聯絡以及第一次約會之後，春音接著要再依照原本的歷史與柏恩交往，應該是充滿了難度。

我也佈了眼線在柏恩身邊，以前認識的業務部同事，總是會定時向我報告柏恩最近的情況，不是工作到半夜十一、二點，就是週末依然到公司加班。

我相信春音並沒有放棄掉任何機會，可是我也想不出，春音有什麼方法可以找到柏恩的聯絡方式。直接到公司來找他？我想，春音還是有女人矜持的。

因此在這個年度，對於春音與柏恩的事件，我比較放心了。反而今年按照原本歷史走的話，四月就是子萱鼻咽癌惡化，離開人世的時間點。

剛過完年的上班期間，我對這事情盯得非常緊。

「子萱，最近怎麼樣，身體有比較好嗎？」

子萱接受化療之後，最近幾個月來，看起來雖然身體虛弱、體力不佳，但是根據醫院的檢查報告，癌細胞已經控制住，看起來復原狀況良好，醫生甚至說，只要定期回診，應該沒有什麼復發的機會。

「沒問題啦，梅兒姐，不用擔心我，倒是等一下的商品會議，妳準備好了嗎？」

子萱的話猶如當頭棒喝，因爲今天這個日子，我一直把它定位成子萱最關鍵的一天，以至於原本應該要做的工作，我都忘了準備。

「糟了。」我看了下手錶，發現時間只剩下五分鐘，根本沒有時間準備，我只好硬著頭皮走進會議室。

會議室裡面，部長班森、經理瑪姬、副理朵拉和企劃人員 Angel 都到了，每個人都各自提出今年年底聖誕節的新商品企劃，只不過聽起來都大同小異。

我忽然腦筋一亮。之前和柏恩開會討論過五年來的新商品企劃彙整，就有提到了聖誕節的商品企劃。沒記錯的話，是開發電腦周邊商品，只不過最後的結果是滯銷，倉庫裡面堆了幾萬個。

「梅兒，妳怎麼想？」部長點名了，我站了起來。

「現在這個時代，大家人手一台電腦，因此，如果我們家這類女性品牌，也可以開發出電腦周邊商品的話，肯定可以在這個市場裡面，注入新的生命力……」我比手畫腳說著，雖然心裡知道這樣的企劃會賠錢，但爲了先應付眼前的難關，要我說什麼謊都行。

「對耶，這個想法眞不錯。」部長拍著自己的頭，大叫著。

「對耶，梅兒這個想法，怎麼我們就沒有人想得出來……很好，很好，就做這個。我們把這個案子提給業務部，到時候，就麻煩梅兒妳報告給業務部門了。」

部長說得開心，我卻心裡發抖。

不過我的邏輯是，既然這個案子到最後就是眞正的歷史了，也就是就算我不提出，也會有人提出這樣的企劃，那麼部長依舊會鼓掌叫好，那樣的話，倒不如由我先提出來，節省會議的時間，我又可以記上一功，何樂而不爲呢……

只不過想到我要代表商品部與業務部開會，勢必會和柏恩碰到。這樣的話，我又應該用什麼樣的態度面對他，才不會又改變了什麼……

想著想著，時間很快就過了，我收拾東西，搭上公車回到家中。美和依舊關在她的房間，而我吃著自己買的炒麵，在客廳裡面看著電視。

沒多久，手機響了。

「梅兒，快來，子萱車禍了……」部長班森的聲音，慌張到整個語調都不像他平時講話的聲音。我來不及多問什麼，隨便換了件外套，便衝出門叫了計程車。

一路上，我的思緒亂得無以復加。

就原本的歷史而言，今天是子萱的忌日，雖然我到了未來，知道了子萱的死因，並且想盡辦法讓她在這兩年做了檢查，也接受了治療，但是沒想到，難道她這一天還是逃不掉死神的安排嗎？

我心裡亂得很，如果子萱真的在這一天過世，也就代表著，有些事情有可能改變，但有些事情就是註定沒辦法改變的。

計程車開到急診室門外，我慌張跑下了車，衝進急診室。從我走進急診室的第一秒開始，我感覺四周的動作都慢了下來，聲音都消失了，所有人都用四倍速的慢動作，進行著。

急診室不大，更重要的是，有一群我熟識的人，縮在了某個角落。有人掩面哭著，有人趴在牆上，也有人攙扶著狀似老父母的人，無力地掙扎著。

我逐漸認清了，在哭的人是朵拉，縮在角落的人是部長，而瑪姬在一旁攙扶的老人家，應該是子萱的爸媽。

朵拉看到我來了，二話不說整個人迎上來，抱著我哭著。部長緩緩從角落站起來，拉著我的手，引著我走到布廉背後，我看到子萱躺在白色床單上，表情看起來很平靜。

子萱的脖子以下，全部都被白布蓋起來。朵拉示意我不要拉開，我也沒打算拉開，只是靜靜看著子萱。子萱就像是乖巧、安靜地睡著了。

子萱的眼睫毛依舊很長，很漂亮。我伸出手，握住子萱露在白布外的手，輕輕撫摸著。子萱的手很冰，而我總覺得子萱會睜開眼對我說：「梅兒姐，這裡好冷……」

只不過，我握了很久、很久，子萱都沒有開口……

我一直待到隔天早上，陪著子萱爸媽將遺體送至太平間，再送至殯儀館，整個晚上，我都好像聽不到聲音。

我以爲，我可以改變未來，現在看起來，根本不可能……

我眞正體會到，這幾年來我封閉自己的原因。升上了副理，結不結婚，在生命的面前，忽然變得好不重要。

也許我不應該回到未來，也不應該再回到過去……

第二十四話

# 之後的第三年

商品部開會中。

「那麼，各位同事，接下來有誰可以提出比較好的商品企劃呢？去年提出的電腦周邊商品的案子，讓公司庫存增加了不少，今年的春季發表會，我們應該用什麼樣的企劃，來讓公司提高銷售呢？」

班森部長扯著喉嚨講著，我看著略微發福的朵拉，她整個人沉浸在灰色的情緒中。

「怎麼，大家都沒有想法呀？Angel，妳說說看呀？」隨著班森的點名，我的眼神才落在這個美麗的企劃專員身上，只不過，也許是因爲我太久沒有正視她的臉，我發現 Angel 的臉部曲線開始變得消瘦，似乎從臉上都可以看到骨頭的痕跡。

「我……沒有想法……」Angel 的聲音低低的，那不是害羞的聲音，而是嗓子啞掉的感覺。

不過說眞的，我沒什麼感覺。

班森部長看著我們大家，無奈的表情一覽無遺，只不過現階段會和部長在會議上討論的人，大概只剩下朵拉，還有偶爾出聲的瑪姬，我和 Angel 從去年開始，似乎像是在商品部隱形了一般。

我知道今年春天的企劃案是啥，我可以爽快說出來，讓會議提早結束，但我似乎連說話的力氣都沒了。

「我們來和偶像劇結合，大家覺得怎麼樣?」好不容易，朵拉終於說出了標準答案，我微微點頭，班森高興得大拍桌子。

「對呀，我怎麼就沒有想到這個方法?朵拉，幹得好，麻煩妳後天將企劃案交出來給我，好嗎？」班森開心地說，朵拉微笑著點頭。

我迫不及待地離開了會議室，回到座位上。

收件匣裡面躺著兩封尚未閱讀的郵件。我點了開來，那封未來老公來的信像是垃圾信一樣，被我刪除，而另外一封公司管理部寄出的公告，讓我怔了好一會兒。

「業務部林柏恩，晉升業務部經理」

事情沒有因爲我的失魂而停止。這也提醒了我，今天是春音和柏恩的另外一個關鍵日子。

「三月二十二日那天，春音到公司來找我，當天晚上我們接了吻，才開始交往……」柏恩當時在咖啡廳是這樣說的。

我看了看電腦右下方的日期，顯示的正是三月二十二日。

不過，我似乎沒太在意了……

我刻意在下班時間後多待了兩個小時，心想這樣可以避開人潮，之後才一個人緩緩從辦公室裡面走出來。

經過了大廳，走出了大門，卻沒想到我遇到了我不想見到的人—春音。

我視若無睹地從她身邊走過，卻被春音叫住。

「梅兒，等一下！」

我停下腳步。

「看到好朋友之後，有必要給這種反應嗎？」春音說。

但是我沉默著，因爲我眞的不太想說話。

「我透過妳曾經轉寄的郵件上，找到了柏恩的聯絡方式，好不容易約了今天可以見面……」

「恭喜妳。」我冷冷地，說完只想走。

「就這樣？」春音問。

「不然咧？」

「我覺得……柏恩這兩年來……怪怪的……」春音說。

「所以？」

「妳和他同間公司，我想知道他有沒有發生什麼事情？」

「我不知道，我和他沒有交集……」

春音聽著我的話，有點沉默。

「沒事的話，我先走了。」我不等春音回答，已經往公車站牌的方向走去。

依舊買了炒麵，依舊一個人在客廳裡面，依舊開著大聲的電視。子萱走後這一年，我知道我一直過著這樣的生活，雖然不開心，但是也沒有什麼期待。

沒多久，客廳的燈泡又壞了。我看著窗外，原本白天無雲的天空下起了大雨，雨聲大得讓我的聽力明顯受損。

爲了讓我的電視可以持續看完，我逼不得已走向美和的房間，只希望她還有保有客廳的備用燈泡。

我正打算敲門時，房門的那一側依舊傳來了她的聲音。

「啊啊……嗯……啊啊……」我的手停在房門上，我知道那種聲音代表的意義是什麼。

但是對於美和這樣的生活態度，我也麻木了。

我走回客廳，讓電視機的聲音繼續吵著。客廳的燈暗著，窗外的雨勢越來越大，這時候，我忽然想起柏恩。

這樣的雨勢，最適合接吻呢，我心裡想。

也許，柏恩與春音，和子萱的情況都一樣，我改變不了將來會發生的事情，我只能默默接受，等待一切發生。

想到子萱，我不自覺地眼眶又紅了起來。我不停用力眨眼睛，好讓眼眶中的淚水，可以撐住不落下。

只不過，這樣來回試了幾次之後，鼻子一酸，眼眶中的水，還是不聽話地滴了下來。

這時候，我聽到美和房間門要被打開的聲音。我不想自己失態，也不想碰見美和在網路上認識的男人，於是三步併作兩步走回自己的房間。

和往常一樣，我聽到男人在客廳修燈泡的雜音，沒多久之後，男人離開我們家，美和回到自己房間。

什麼都不會改變，美和不會變，我不會變，柏恩不會變，春音不會變，子萱不會變，就算我再回去五遍，一切，都不會改變……

第二十五話

# 之後的第四年

不知不覺，已經到了第四年，也就是說，明年就會是我曾經到過的那一個時空。

還記得去年尾牙的時候，公司同事把某個業界消息當作玩笑一樣傳著。

「妳說那間 ALA 喔，新公司，去年成立的……對呀，他們走的路線和我們幾乎一樣，我是覺得很好笑啦，這個市場裡面，竟然還有人敢挑戰我們。」我不確定開玩笑的人是誰，但是可以判斷，那是業務部的同仁。

然而在今年的商品部會議上，這個開玩笑的人，已經變成了公司同事間的玩笑，因為這家新公司正一點一滴侵蝕我們公司的營業額。

「去年和偶像劇合作的企劃案，基本上營業額完全沒有提升，反而下降了好幾成，新公司 ALA 卻在去年的市場上，搶走了我們將近兩成的業績，雖然對方是間小公司，但是做商品和經營公司的氣魄卻相當驚人，我希望大家今年可以提出更好的企劃來對抗他們。」班森部長在描述這些事情的時候，照理說應該要很激昂或悲憤，沒想到，從頭到尾他的表情都是笑的。

因此全部門的人都盯著他看。

「有什麼問題嗎？」部長說。

「部長，這件事讓你很開心嗎？」果然經理瑪姬看不下去這樣的工作態度。

「當然不是呀，這是公司的危機呀，我怎麼會開心呢？」部長雖然嘴上如此說著，但還是笑到合不攏嘴。

「部長，你被點了笑穴嗎？」朵拉這時也很好奇地看著班森。

「你們真的想要知道？」班森說。

「知道什麼呀？」朵拉苦笑著。

「你們真的想要知道我就說吧。」

「我們根本不想知道什麼呀，是你想說什麼吧！」

「好啦，你們既然一定要知道，我就說吧！」

「……」朵拉和瑪姬都不想說話了。

這時候我站了起來。

「恭喜部長，要結婚了是嗎？」我說。

只見班森的嘴，本來想要開心地揭露這則喜訊，卻又在一半合了起來。

「真的嗎？真的嗎？」朵拉和瑪姬立刻湧上前去，抓著部長的手用力搖晃著。

「是誰？對象是誰？」朵拉差點沒把部長掐死。

就在這樣的混亂當中，我和 Angel 走出會議室。

「梅兒姐，妳有空嗎？」Angel 的臉越來越瘦，臉色也差，黑眼圈又明顯。

「有事嗎？」我不知道我是否看起來很冷淡。

「……沒……我想找妳聊聊天……」

「現在嗎？」

「喔……不是……我是說……有空的話。」Angel話沒說清楚，就轉身回到她的座位。我相信她有很多事情想和我聊，雖然我自己也是心事重重。

今年原本算是春音和柏恩穩定交往的一年，我記得柏恩說在今年帶春音回家吃飯，這也是明年春音會和柏恩結婚很關鍵的日子。

我不知道要怎麼樣阻擋。

甚至也有點不想阻擋了……這幾年，我也一直沒有和柏恩見面，覺得自己對他的感情也已經冷淡，就讓春音與他結婚，就讓他們兩人，去度過屬於他們的生活吧……

冷不防，班森拿著喜帖的手，瞬間出現在我的面前。

「這是怎樣？」我揚著眉。

「我要結婚了，妳不替我高興？」班森說。

我緩緩接下喜帖。

「當然高興呀，班森，恭喜你！」然後我輕輕抱了抱班森，心裡想著，這樣的老好人，果眞還是會有這樣的好結果。

忽然公司大廈內部的廣播響了起來。

「各位同仁，請立卽到一樓大廳集合，緊急事項報告……各位同仁，請立卽到一樓大廳集合，緊急事項報告……」我和班森被這突如其來的情況嚇到。

「什麼大事情？我在公司這麼多年，也只有以前老董事長要退休的時候，才會有這樣的舉動……」班森部長納悶著。

「去了就知道吧。」我說。

於是我們一群商品部的人，敏捷地到了一樓大廳，其他各部門的人也都相繼來到，平時很難見到一次面的人，在這個時間點，卻全部都看到了。

只見董事會發言人，一個將近七十歲的老先生站在台上，對著全體員工說話。

「這幾年，爲了因應公司外部環境的變化，以及不景氣的影響，原本的董事長楊先生，已經決定在這個月底退休，希望由更有衝勁、更有才能的人，來接任董事長的位置，因此原本的總經理劉總將會晉升爲新任董事長，原業務部長喬伊則是本公司的新任總經理，讓我們大家鼓掌……」

這時候業務部的人喊叫聲特別大，似乎喬伊當了部長，就代表他們部門全體員工都會受惠。

然而在新任董事長上台致詞完後，新任總經理喬伊也上台說了一些話，其中更包括另外的新消息。

「除了晉升總經理，接下這個更困難的任務之外，我原本身處的業務部，也是公司在前線作戰的部門，因此也需要一個部門領導人。這幾年，做得最好、最有資格接下這職位的人，就是柏恩。讓我們歡迎柏恩上台……」喬伊說得激昂，業務部的人更是鼓譟。然後，柏恩上台了。

「謝謝大家，今後還需要各個部門的人互相合作，我會更努力加油的，謝謝大家。」柏恩看起來和幾年前我拒絕他的時候，已經完全不同了，既穩重又成熟，只不過我從他身上，感到了另外一種陌生感。

這似乎和我四年前回到五年後所看到的柏恩，有點不同，但我說不上來，我這才想起去年春音說的話：「我覺得……柏恩這兩年來……怪怪的……」

第二十六話

# 就是今年

「似曾相識」這四個字，似乎把我久違了的熱情漸漸點燃。

距離子萱離開人世間，已經過了三年，而我這段時間如同行屍走肉般的生活，卻因著今天中午在辦公大樓一樓大廳看到的光景，徹底解禁。

我應該是在吃完飯後，獨自一個人走在大廳內的時候，被兩個迎面走來的小女生，勾起了回憶吧。

「部長好！」兩名女生看著我的背後喊著。

我循著她們的眼光回頭，與後面走上來的男人碰個正著。

那是個充滿威嚴的男人，而這個人赫然就是柏恩。

「妳們好。」柏恩親切地對著兩位女員工笑著，然後察覺到了回頭的我。柏恩的表情沒有半點扭捏，也對著我淺淺微笑，並且微微點頭，我看著他胸前別著業務部部長的名牌，然後像風一般從我身邊掠過。

我記得，我碰過這情形。就在五年前，我回到五年後的時候。我趕緊看了一下手錶，才發現今天就是那天，就是我曾經跨越時空來的那一天。

這也就意味著，我會從今天開始，再一次經歷當時留在這個時空的每件事情，而這也意味著，我五年前做的事情是否有效，將會在這幾天內揭曉謎底。

想到這，我這幾年因爲子萱而低迷的情緒，再度沸騰起來。

回到商品部辦公室後，果然班森部長開了口。

「猛員，麻煩妳……」接下來就是我到達總經理喬伊的辦公室，然後開會，喬伊說著找我和柏恩來的目的爲何，而柏恩也帶來那兩名手下—Ben 和 Sally。

事情有如走馬燈一般重新走了一遍，包括隔天的會議、我的絞盡腦汁（這一次就還好了），還有一個禮拜以來我們幾個人關在大會議室裡的討論。

不想承認的是，在這段時間內，我又再度愛上了這時候的柏恩。雖然真的像春音說的一樣，有什麼小地方變了，可是五年後的他，真的又穩重又有魅力。

一直到進了喬伊的辦公室，事情就如我之前經歷過的一樣，我們的商品企畫和對方的一模一樣，而柏恩在最後幾分鐘，說出了一個又創新又有攻擊性的想法，拯救了我們整個團隊。

就在走出喬伊的辦公室之後，我察覺到，事情開始和當時有點出入。

在走回辦公室的路上，Ben 和 Sally 想起了還有很多資料放在大會議室裡面，因此兩人走到一半，就和我與柏恩分開。霎時間，只剩下了我和柏恩兩個人，我不知怎麼地，心裡面好像開始期待什麼。

只不過，柏恩一直走到我們商品部的辦公室前，依然一句話不說。

「我到了。」我說。

「嗯……好，希望這次的企劃案，可以徹底打垮對方。」柏恩看起來滿腦子都是工作，也沒有如當時那樣約我在今天晚上見面了。

只不過，我心裡有數。因爲這代表著，我的作戰計畫，應該是成功了。照原本的歷史進展，柏恩會約我到長島酒館，然後在那一切都變了樣的裝潢裡面，告訴我他和春音卽將要結婚。

只不過，現在的他，卻沒有開口了。

看起來，他今天晚上應該會留在公司繼續加班，不會去別的地方才對。如果我推測得沒錯，這表示柏恩和春音根本就沒有交往，更不要提結婚不結婚的了。

只不過，我心裡某處總擔心著，以柏恩現在當上部長的工作量，如果沒有春音這樣的女朋友在身邊，他都如何排解壓力呢？

我一方面慶幸自己對柏恩的感情依舊，另一方面更高興春音終究沒有得逞，接下來我要做的，就是和柏恩破鏡重圓，這樣也才不會辜負這幾年來的等待。

想著想著，我一路從公司搭上了公車回到家裡。基本上沒有男朋友的宅女，生活上也不會有太大的變化，我依舊買了我愛吃的炒麵，坐在客廳、打開電視，準備好好享受一番。

只是，事情眞的是一成不變，家裡客廳的燈泡又壞了。我大嘆一聲，非常不甘願地走到美和的房門口，心裡祈禱著，不要又被我遇到相同的事情。

還好，這次我握住把手，靜止不動，並沒有聽到任何聲音從房裡面傳出來。只不過我要開門的時候，美和正從裡面把門推開，使得我用力過度，差點往後摔倒。

「哇！」我大叫一聲，有隻手在我摔倒前，抓住了我。我雖然心存感謝，正打算回過頭向這隻手的主人道謝時，我整個人愣了。

「……柏恩……」眼前的男人竟然就是白天那個機智的業務部部長，在那一瞬間，我只以爲，柏恩追我追到了家裡來。

「柏恩，你怎麼知道我住這裡……」我眞的被驚嚇到，因爲我住的地方，柏恩是從來沒有來過的。

只不過，美和接下來的反應，眞正讓我震驚。

「你們認識呀？」美和指著我和柏恩，一副很好奇的表情。但這反應，卻也等於直接告訴我，柏恩是來找美和，不是來找我的。

我接著看清楚了柏恩的姿態，他手上拿著襪子，看起來是打算從美和的房間走出來後拿到客廳去穿，而這時候，一種不能接受的聯想，倏地跳進我的腦中。

我本能地退後了一步，又一步，嘴巴嚇得微微顫抖著。

「你來找我姐……」我不敢接下去講後面要講的話。這一切事情來得太過突然，我不敢相信我在這個時間點，會碰到這個情況。

「你姐？」柏恩的聲音似乎也顫抖起來，美和的姓名和我完全不同，再加上柏恩從來沒有來過我家，因此他不知道我與美和的關係，一點也不算奇怪。

「原來你們認識呀，早說呀！哈哈，大家都認識，這樣眞好……」美和在一旁興高采烈地嬉笑著，完全不知道我的心這時候就像是被刀刺進一般痛苦。而柏恩尷尬的表情，更是間接證實了我的推理。

這，難道就是春音說的那麼點不同……

第二十七話

# 美和的年紀

我、美和、柏恩三人尷尬地對峙幾分鐘之後，柏恩完全不想說明似地，拿著襪子，也不找地方坐下，直接抬起腿，在空中一蹬一蹬地將兩隻腳的襪子穿好後，敷衍了幾句話。

「今天太晚了，改天再和妳們聊……」接著柏恩動作敏捷地離開了家裡。

我靠在美和房外的牆上，久久不能自已。

美和則是看著柏恩離去的背影，一副納悶的表情。

「今天是怎麼了，都來了兩年了，有什麼好大驚小怪的。」

我閉起了眼睛，兩個眼皮竟然止不住，不停微微顫抖。

「姐……妳是說……妳是說……柏恩來找妳，已經很久了……」

「對呀，從去年開始吧，那是妳朋友？」

「……」我說不出話，眼淚卻死命地流。

美和可能好多年都沒看過我流眼淚了，嚇得她有點不知所措。

「怎麼了，梅兒，妳怎麼了？我有說錯話嗎？」

「沒有！」我依舊哭著，不知道要怎麼向美和說明。也許，柏恩因爲太寂寞，工作壓力太大，在網路上認識了美和，而美和根本就不知道柏恩是我前男友，柏恩也不知道這裡是我家……而他們兩人可能見面之後，根本就不試圖了解對方，只專心做那件事……

我在五年前開始處心積慮安排的劇本，卻在最後破了功。我本來打算在今天晚上確定柏恩沒有約我出去、沒有告訴我他與某個人的喜訊之後，我就要反過來告訴柏恩我對他的感情，沒想到……

我越哭越無法停止。這五年來，我到底爲的是什麼?我躲過了好朋友的橫刀奪愛，卻沒料到被自己親姐姐擺了一道。

「梅兒，妳不要哭啦……是不是妳不喜歡我這樣和男人亂搞?可是我這兩年來，眞的沒有和別人亂搞，我都只找這個男人而已……不然，我之後就和這個男人結婚，妳就不會不高興了，對吧?」

我一聽，哭得更慘。

「梅兒，妳是怎麼了啦?妳要和我說呀，我是女巫，我一定可以幫妳的啦……」美和說得可愛，這時的我卻無心欣賞。

「妳怎麼幫我……妳怎麼幫……柏恩是我前男友，五年前和他分手，是因爲他不夠成熟，因此我刻意離開他，就是爲了等五年後的現在，等他變得更成熟之後，我想要再和他在一起呀。可是妳都和他上床了……你們都已經……」我眞的說不下去。遇到現在這種情況，我在美和面前也變得像是小孩了，雖然我並不期待身爲女巫的美和，可以給我什麼樣的幫助。

「妳都沒有和我說呀……喔……那個時候春音和妳喝酒回來的時候，講的就是這個人喔……」美和摸著頭想著，然後露出了爲難的神情。

「可是……他還眞的很討人喜歡耶……我也很喜歡……」美和的話，根本不是在幫我，反而是在要求我不要和她搶男人。

「所以妳當初使用了一次，就是到了五年後的現在看他會變成什麼樣，然後又使用了一次回到五年前，對吧？」美和說。

我並不想解釋，只顧著哭。

哭的同時，我心裡做了最壞的打算，如果這個姐姐執意要和我爭奪的話，我就再回去五年前一次，直接接受柏恩的求婚，讓什麼事情都不會發生。

只不過，美和這時候說的話，又讓我驚訝了一下。

「梅兒，我有和妳說過，如果回到過去，然後改變掉部分事情，在未來時空的人，不管是記憶或發展都會不同。妳知道嗎？」美和說。

我稍微止住了眼淚，哽咽地回答著。

「我知道，就像我讓子萱去檢查身體，雖然改變了事實，卻沒有改變她的生命長度。」我說。

「對呀，可是那是指不知道原本歷史的人，他們只會知道他們現階段看到的事實，但是對於我或妳而言，這兩段記憶都會存在，而且我們自己可以判斷哪段記憶是現在發生的，哪段記憶是已經被覆蓋的……」我發現，每一次美和在說明這種事情的時候，她的確成熟得像是我的姐姐。

「妳的意思是？」我有點懂，又有點不懂美和的想法。

「我的意思是說，我只要回到過去，然後讓我和柏恩的這段事情沒有發生的話，妳的記憶裡面，就會很清楚地知道，那是被覆蓋掉的記憶，而眞的事情，則是我不認識柏恩，然後妳就可以按照妳的計畫進行……」美和說得一點都不爲難。

「可是妳不是也喜歡柏恩，而且妳想和他結婚？」我一邊擦乾眼淚，一邊看著美和。

「不可能啦，我年紀這麼小，怎麼結婚？」美和笑著。

「年紀小？姐，我都三十五歲了，妳還說妳年紀小……」我的眼睛瞇了起來。

「妳記得我在國一那年，偷偷跑進小房間，被媽媽罵的事情嗎？」

「記得呀，啊！」我瞪大了眼睛，像是想通了什麼。

「妳在那時候就利用了一次，跳到未來，可是，可是……妳是跳到何時？」我驚訝地叫著。

「我從十二歲跳到了二十八歲呀……所以說，我現在看起來雖然是三十五、六歲，實際上我心裡面現在大概接近二十歲而已，我怎麼會想結婚呢……」美和笑著。

「原來如此……妳是因爲不想考試嗎？」我這時反而好奇了。

「這妳還要問我……我當年身體剛經過青春期呀……我很想嘗試做愛的感覺……所以，就想要到成年人的年紀來試試看，沒想到一跳過來之後，就一直到現在了。說起來，我再回到年輕一點的時間，可能身體和意識會比較符合吧……」

美和雖然說得輕鬆，但我知道，就算只是性愛上契合的對象，要這麼輕易說放棄，也不是一般人做得到的。這時候，我才眞正感覺到，這是我親生姐姐，而她眞心愛我。

「姐……」

我不由自主伸出手握住美和的手，而美和還是以一貫的笑容看著我，然後，她便走向小房間。

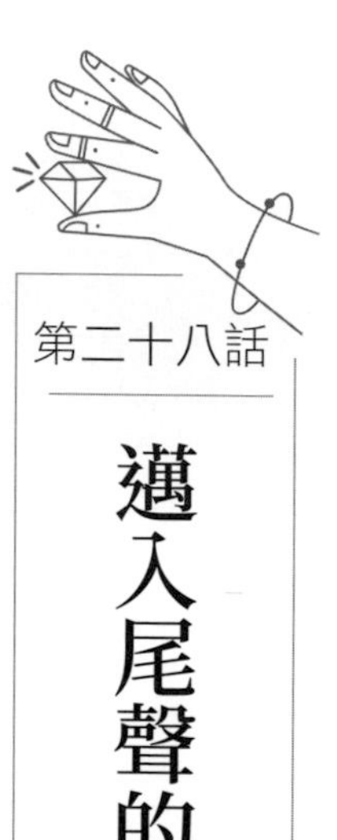

第二十八話

# 邁入尾聲的戲碼

我回到房間等著，也一邊想著。

春音說的改變，也許是這種事情吧。柏恩因爲被我甩了之後，沒有別的精神支柱，原本會在他身邊的春音也被我阻礙，因此柏恩可能變得更難接受感情，但是因爲工作壓力繁重，爲了找尋宣洩出口，才會在網路上遇到美和。

可是這麼一來，我部署好的計畫，又因爲美和的出現而告吹。雖然美和說要回到過去，改變現在的情況，但搞不好還會有別的女人出現？

我躺在床上翻來覆去，一方面等著地震到來，一方面想著這整件事情的始末，又開始擔心，明天如果眞的約了柏恩，事情會是怎麼樣，而這套我自己撰寫劇本的戲碼，終於要在明天畫下句號。

不知道怎麼形容，我覺得我潛意識中總是認定，只要我開口說，柏恩就一定會回到我身邊—只要他身邊沒有人。

想著想著，不知不覺間，我的眼皮漸漸沉重，或許是因爲剛才哭得太厲害，我的眼睛特別乾澀，沒多久便進入夢鄉。

也不知道睡了多長時間，忽然，我感到夢境搖晃著，接著我張開眼睛，看見了房間天花板上的燈劇烈搖晃著。我雙手一撐，讓頭部離開枕頭，才發現地震得相當厲害，牆上的畫，書櫃上的書，都幾乎要被震下來。

我急忙站起來護住桌上的書，以免這些書籍掉下來。地震持續了相當久，才慢慢由強變弱，逐漸停止。

第一次經歷了不是由自己所造成的地震，我才發現，這樣自私地來回時空，的確會對別人產生很大的副作用，危險一點的搞不好都會影響到生命安全。

我心裡默默告訴自己，最好不要再使用第三次了。

地震過後，美和忽然出現我的門口大叫著。

「好大的地震呀，梅兒，妳沒事吧？」我看著美和衣衫不整的樣子，不禁笑了出來。

「美和，妳忘了呀？妳是今天回到過去的。」我說，然而在我說話的同時，我才發現，我的記憶不同了。

柏恩剛才沒有來過我家，美和依舊不認識柏恩，而這五年來的事情，除了柏恩與美和有交集的這一點被抹去之外，其餘都沒有變化。

「回到過去……對喔，都又過了五年了。」美和自己傻傻地摸著頭，這表示美和的意識在剛剛的地震後，回到了五年前，然後經過了五年的時間生活，美和在這段時間內，沒有在網路上遇到柏恩，或是說，她刻意避開了柏恩。

當我想起這點，我高興地走上前，一把抱住美和。

「姐，謝謝……」

「這沒什麼啦……我要睡了啦！」美和臉上露出少見的尷尬與羞怯。

我心裡則是充滿感觸。

當我在五年前知道春音的存在，我必須花五年的時間，才可以得到現在的結果，但是沒想到當我知道美和與柏恩的關係後，我竟然只要幾個小時，就可以讓這件事情化爲烏有。

我心存感激，這也讓我對明天之約感到更多的期待。高潮，就在明天了。

在原本的歷史當中，昨天晚上應該是柏恩約了我，然後告訴我他和春音即將要結婚的事情，只不過，這件事情被我破壞掉了，也因此，昨天晚上，柏恩沒有邀我，但是我們在第二次的歷史裡面，還是見了面。

但是因爲美和回到過去，讓我和柏恩的這段記憶全部消逝，而以第一段歷史來說，今天晚上我將會約柏恩到公司附近的咖啡廳見面。

這就是我所有計畫的總結。我將會在今天晚上，向柏恩提出復合的要求。

於是，我撥了電話，柏恩也如當初一般，到了咖啡廳與我見面。

「這麼急找我，什麼事情呀？」柏恩說。

我沒有記錯的話，這第一句話和記憶中完全一樣。

「你應該……最近沒有什麼喜訊要告訴我的吧？」我還是得要確認一下情況。

「什麼喜訊？」柏恩反問。

「像是誰要結婚之類的呀……」

「我不知道耶……喔，還是妳是說，總經理他老婆懷孕的事情？」

「不是啦，那不關我的事呀。」

「那，就沒什麼喜訊了。」柏恩攪著咖啡杯說著。

「嗯，我覺得，你變了好多……這幾天看你工作的態度，我真的覺得判若兩人……」我忽然想起來，原本應該在長島酒館裡面講的話，並沒有在前一天說出。

「妳倒是沒什麼變，一樣瘦、一樣漂亮。」柏恩說的話，也和當時相同。

「你現在連話都更會講了呢。」我笑著說，然後和柏恩輕輕碰了碰杯。

喝了一口茶之後，柏恩忽然微笑，只是看著我，也不說話。

「怎麼……現在流行不講話，用眼睛表達嗎？」我覺得，氣氛很好。

「不是……而是看著妳，我就會想，五年前的我眞是不爭氣，才會讓妳這麼美好的人，離開了我……」柏恩的台詞，完全沒變。

「哈，你果然還是沒變，還是喜歡懷舊呢……」

「我做了那麼多努力，應該有些不同了，沒想到還是被妳看出我那優柔寡斷的問題呢。」柏恩尷尬地說。

「我不是那個意思……」我知道當時就是說到這句話的時候，被柏恩告知了要結婚的消息，因此，我很快接下去說。

「我是想問你……柏恩，你現在有女朋友或是交往的對象嗎？」我收起了笑容，很認眞地看著柏恩。

柏恩似乎也察覺到我的認眞，將手上的咖啡杯放回桌上。

「我現在……哈哈……怎麼可能會有對象啦……梅兒，妳眞愛開玩笑……」不知道柏恩是用笑來掩飾尷尬，還是他真的覺得好笑。

「那，我們可以再在一起嗎？」我單刀直入地問了。

「啊……」柏恩的笑聲被我的話給打斷。

「妳的意思是？」

「我想要和你復合。」

我的話一說出，柏恩臉上的笑容逐漸退去，露出了像公司裡那個成熟穩重的部長表情，我相信這對他來說，不會是一件比工作輕鬆的決定。

咖啡廳裡播放著輕音樂，而我心裡獨白是：這場愛情戲，即將落幕……

第二十九話

# 成熟的底下

柏恩看著我的眼睛，我微笑著回應。

就這樣兩人靜靜看著對方，柏恩從一開始的嚴肅表情，漸漸放鬆，接著他的嘴角露出淺淺的微笑，接著開始笑出了聲音。

「哈、哈哈、哈哈……哈哈哈哈……」柏恩邊笑，還邊搖起了頭。

我心裡想，這傢伙一定是認爲我在開他的玩笑。

「我不是和你開玩笑，我是認眞的。」因此我又補上了這句話。

柏恩原本就笑得燦爛的笑容，在略微停頓之後，又不可收拾地越笑越開，笑到這個時候，我都覺得有點不太對勁了。

「我眞的不是開玩笑。」

柏恩笑到眼淚都流了出來，聽到我說話，還趕緊用手掌擋著我，示意我不要再繼續說下去。

我漸漸感到有點不悅，並且閉起嘴巴，看著柏恩要笑到什麼時候才會停止。

過了一分鐘左右，柏恩總算停止了他的狂笑。

「唉唷……停不了，眞是……」柏恩一邊擦拭他的眼淚，一邊說著。

「可以告訴我，你在笑什麼嗎？」我說。

柏恩摸了摸自己的耳朵，似乎有點想用不太認眞的態度，說下面的話。

「因爲，我覺得妳的要求很好笑……」

「哪裡好笑？」

「妳說，如果妳在五年前買了隻小狗，然後妳忽然又不想養了，把牠丟到路邊自生自滅，過了五年後，你在路上看到牠，妳又想把牠帶回家養，結果會怎樣？」

「如果那隻狗願意的話，就會跟我回家。」

「我會笑的原因就是，一般人不敢帶這隻狗的啦，因爲誰知道牠是否還是對主人忠心呢？搞不好，牠已經完全變成野狗了。」我感覺柏恩現在說話的語氣，和以前—或是和今天以前—都判若兩人。

「也有可能，牠還愛著主人呀。」我說出了我內心的期盼。

「今天如果把這個比喻顚倒的話，如果妳是那隻狗，妳還會愛主人嗎？」柏恩的語氣，聽得出來帶著點情緒。

「……我……」

「妳一定不會的呀……」柏恩這時講話的音量明顯提高。

「但重點是，這個比喻裡面，我不是那隻狗呀……」我有點無奈地說。

「對呀，因爲被遺棄的，是我……我才是那條狗，對吧！」

「只是個比喻，而且是你說的……」我並不想一直講狗的事情。

「沒關係，我可以當狗……」柏恩停頓了一下，接著說下去。

「可是我要告訴妳，這隻狗已經長大，而且充滿野性。牠之所以要長得又大又漂亮，就是要養過牠的主人知道，拋棄牠是會後悔的，懂嗎？」在現在的柏恩身上，我竟然看不出半點熟悉的影子。

「不要再講狗的事情了，我只是想要問你，你現在，還愛我嗎？」我不想放棄這個機會，因爲我總是相信，柏恩一定還愛著我，雖然我不知道是什麼理由讓我有這麼大的信心。

柏恩聽完我這句話之後，剛才誇張的語氣與神情明顯收斂了不少，只是睜大眼睛看著我。

過了幾秒鐘之後，柏恩開口了。

「不愛妳，我現在並不愛妳。」柏恩的話，一字一字粉碎了我的想像，以及我那莫名的自信。

「爲什麼？只因爲我五年前拒絕你嗎？那是因爲我這樣做，才能讓你成長呀，你看，你現在不是變了很多嗎？在工作上那麼成功？」

「對呀，眞謝謝妳，的確是因爲妳的關係，我才會在工作上如此努力，但我是爲了要證明妳會後悔，而不是要妳再回頭愛我……」柏恩這番話，聽起來像是早就準備好這一天，要在面對我的時候說出。

「我是眞的知道你會成功，才會激勵你呀……要不然……要不然我怎麼可能這五年來都沒有交新的男朋友呢？」我該怎麼解釋，才能讓他相信，我是因爲穿越時空而知道他的現況，因此才拒絕了他，才等待他五年。

「就算我相信妳……那麼，重點來了，五年前，妳口口聲聲說的是，我只是個專員，妳升了副理，因此無法接受我，我不會有出息，那麼我今天我看妳，我也可以說同樣的話，甚至可以用妳現在的話回送給妳：我今天拒絕妳，是因爲我看得到妳五年後的成功，所以，對不起，現在，我無法接受妳……」柏恩這幾句話說得一鼓作氣，那個五年前對我言聽計從的男人，現在從他身上看不出半點影子了。他的有出息，不只表現在工作上，還表現在他的口才上。

我被柏恩說得無言以對，甚至無顏以對。我低下頭，無力回擊……

「不好意思，我說過頭了，只不過現在，我眞的只想要一個人生活。」柏恩站了起來，走到櫃檯買單。我並沒有回頭看，只不過門口風鈴的聲音讓我知道，柏恩已經離開了這間咖啡店。

沒有回憶，沒有長島酒館，沒有〈未來〉這首歌，沒有溫柔的柏恩，只有一個工作表現成熟，講話穩重的男人。

而他說得對，現在看起來，是我配不上他了，我不知道我應該用什麼立場，去要求人家接受我。

這五年來，原本可能還應該會有春音在一旁陪伴他，讓他的成長不至於如此極端。但就連這一點，都被我破壞了。我心知肚明，更讓我無法反駁。

就這樣坐在咖啡店裡，不知道坐了多久，可能是因爲和本來的歷史時間不符合吧，我就這樣坐著，坐著，滿腦子空白……

然後我起身，看了一下手錶。很準確，就和歷史中一樣，我聽完了柏恩和春音的戀愛史之後，我在這個時間準備離開，然後回到家中。

我也知道接下來會有什麼事情發生，只不過所有預知的歷史都只到這裡爲止了，我安排的劇情也只能到這裡了，接下來會發生什麼事情，我完全不知道……

這時的我，眞的沒想到，還有一連串的事情等著我……

我只能拖著孤單的腳步，搭著那路公車，往家裡的方向前進……

第三十話

# 改變中的歷史

我知道我提早回到家了。

在我上一次經歷的歷史中，我是先和柏恩談完他和春音的交往過程，再走去公司，因爲我從柏恩的口中，得知了子萱的死訊。

我心裡清楚這經過，但我沒有必要再去翻閱那封子萱寫給我的信。只不過，這個溫習上一次經歷的回憶，又再度提醒了我子萱的離去。

我一個人呆呆坐在客廳，對於這一切頓時沒了方向。我甚至在心裡想著，如果一開始就決定不去破壞春音和柏恩的話，也許柏恩會更棒，但不管怎麼做，似乎五年之後柏恩都不會在我身邊了……

想著想著，眼眶竟然逐漸泛滿淚水，我分不清楚是因爲自己被拒絕而難過，還是因爲我眞的不能和柏恩在一起而難過。

在這樣的情況下，許多念頭紛紛閃過。

也許我可以再回去五年前一次，回到那個柏恩向我求婚的時間點，然後果斷答應他。又或許我可以再回去五年前，什麼都不破壞，就讓柏恩眞的與春音交往……

似乎不論我怎麼選擇，都沒有完美的結局……

只是，我內心深處還是有某種聲音，就是不管怎樣，我都認爲柏恩內心是愛我的。今天他那麼說，只是因爲太突然了，突然到除了他心裡愛我的那一部分之外，更深的恨意也被點燃了。

也就是說，讓柏恩把這些怒氣發洩過後，我相信，他還是會接受我，而且我有信心，他很快就會接受我。

心裡千奇百怪的想法閃著，眼淚也無止盡流著，就在這個時候，我的手機響了。

「不會是柏恩回心轉意了吧！」不知怎地，我就是有這種期待，也因此竟然忘了上一次這時打電話來的人是誰。

我拿起手機看了一下來電顯示，才恍然大悟。

是 Angel。

只不過說句眞話，以我現在的情況，我也無法開導別人，因此我看著手機上來電顯示好一陣子之後，我還是決定不接電話。

我記得，Angel 上一次在這通電話沒說什麼，也沒告訴我她到底是什麼情況。這幾年來，她的感情狀態一直是個謎，都沒有人知道。

讓電話鈴聲恣意響完後，我拿著手機進到房間內，躺了沒多久就睡著了。

睡夢中像是看到了柏恩不停說著那狗的比喻，而夢裡的我則是雙手摀著耳朵，極力不想要聽到柏恩的聲音。

夢裡面，我一路跑著，柏恩一路在後面追著、叫著，我卻因爲摀住了耳朵，聽不見他講的內容。

一直到我不小心絆到樹根跌倒之後，我才聽見柏恩的話。

只可惜，在夢裡，柏恩的聲音我是聽不見的，我只能從自己的表情推測，柏恩說了什麼，而我看起來是高興的。

只不過這時候，柏恩的臉開始抖動，兩秒鐘之後，我就找出了原因——放在枕頭上的手機來電震動，使得枕頭有了叫我起床的功能。

我看了一下手機上的來電顯示，竟然和我夢裡的人一致。

柏恩來了電話。

這可眞的讓我整個人都醒了，難道，我在睡前想的事情，這麼快就變成眞的？柏恩發洩完他的怨氣，現在就決定告訴我，他願意復合了嗎？

我的手指微微發抖，按下了通話鍵，柏恩的聲音聽起來眞的很急躁。

「梅兒，妳快來，不好了……」聽起來，柏恩又像是五年前那麼軟弱。

「什麼？來哪裡呀？」我問。

「直接來醫院……」柏恩還是沒把話說清楚，只告訴了我哪家醫院之後，就把手機給掛了。

我完全摸不著頭緒。

我只能趕緊穿上衣服，帶上錢包，便像一陣風似地衝出家門，跳上計程車。

一路上我雖然忐忑不安，但想到打電話給我的是柏恩，就覺得還算萬幸，至少他是安全的。可是這樣說的話，他會叫我去，一定是我認識的人，難道是部長？因爲部長年紀最大，最有可能出事。不過這也很難講，子萱當初出車禍也才二十幾歲，我越想越急，到底是誰？

到了急診室，我幾乎是用狂奔的速度趕到。遠遠地，我就看到柏恩和班森部長正站在某個病床前，班森的臉看起來極度難受，那是連子萱走的時候，我都沒看過的表情。

柏恩看到我來了之後，伸出了手，握住我的手。

「梅兒，妳冷靜，冷靜……」話雖如此，我全身發抖得嚴重，嘴唇更是死白，半天都吐不出一句話。

「……誰？」我乾脆只說一個字。

我想自從子萱走後，柏恩也知道我很難受，自然特別擔心我知道這一次的事情後，可能會更加受不了。

我緩緩走在布幕後面，在床上躺著的，竟然連臉上都蓋了白布。我親眼看著自己發抖的手，一步一步靠近死者的臉，然後掀開了她臉上的白布。

在我看到她的臉的一瞬間，我幾乎不敢相信自己的眼睛。因爲，不可能。上一次的經歷中，我接了她打來的電話，她安穩入睡了。這一次，我沒有接她的電話，她不應該就這樣沒了生命，因爲生命的長度是固定的，不是嗎？

我沒有辦法接受這個事實，因爲如果是因爲我沒有接那通電話，導致她離開了這世界，那麼我，到底該負什麼樣的責任……？

柏恩看見我愣在了屍體前半响說不出話，他走上前抓住我的雙肩。

「Angel……是上吊的……一早被發現……」柏恩將我原本掀開的白布，再往下拉了一小段，露出 Angel 頸部因爲上吊而勒出的血痕……

原本就白皙的她，在沒有生命跡象的此時，更顯蒼白，更顯那道血痕的清晰。

我趕緊將柏恩掀開白布的手，往上扯。

「夠了……Angel 不喜歡不好看……」我話說不完，轉身抱住柏恩，放聲痛哭了起來。

急診室給我的印象，一次比一次更差……

第三十一話

# 殯儀館的對白

當公司的人以及 Angel 住在中南部的親人陸續趕到之後，我們將她的遺體移至殯儀館，並且設置了小型靈堂，供親人們上香。

同事們紛紛議論了起來。

「我真的不懂，究竟有什麼樣的事情，需要結束自己的生命？她明明還那麼年輕，到底是哪個王八蛋……」朵拉激憤地說著。

「真的……她明明還很年輕的……」班森部長聽著聽著，眼淚又掉了下來。

由於 Angel 在近期轉到業務部去，因此業務部的同事，像是 Ben 或是 Sally

等人，也都紛紛來到靈堂前上香。

我傻傻看著這些人來了又走，走了又來，不禁回想起上一次我接了電話時，Angel和我的談話內容。

「梅兒姐，妳可以陪我聊聊天嗎？嗚……」

「好呀，妳說，妳說……」

「梅兒姐，談戀愛……一定要這麼苦嗎？我好難受……嗚……」

「妳可以不要這麼難受呀，Angel，妳和梅兒姐說，發生什麼事情了？」

「梅兒姐，謝謝……終於有人願意聽我講話了，謝謝。我好愛他喔，就像梅兒姐妳說的，他是個成熟的好男人，可是，我卻只能分到一點點……」

「好，好，Angel乖，不要哭唷……改天梅兒姐去找妳吃飯，妳再好好把事情說一遍給我聽，好嗎？」

「眞的嗎？梅兒姐，妳不能騙我唷……」

Angel的聲音一直迴盪在我腦中。如果，我昨天晚上接起了電話，照樣和她說了這些話，也許今天，現在，都不會有這些事情發生了……

只不過，如果像子萱的情況一樣，生命的長度是固定的話，那麼代表著第一次歷史裡面，我接起了Angel的電話後，結果還是相同的，只是我已經離開那個時空而已……

我一邊想著，一邊又流下了眼淚。而柏恩在這個時候，一直陪在我身邊，將雙手搭上我的肩膀。

「別再哭了……這是她自己選擇的，也許，對她來說，這才算是眞正的解脫……」柏恩說得很穩重，只不過我依舊自責。

「可是……她昨晚上吊前，打了通電話給我。如果我，如果我接了她電話的話……也許就不會……就不會有這種事……」我無法將想講的話說完。

「別傻了，就算妳接了她電話，她還是有可能會想不開呀，也許她只是要告訴妳最後一些話而已……要怪，還是要怪那個男人吧！」柏恩說。

只是我心裡還是自責，就算無法改變一切，至少讓我聽到她最後的聲音……

正當我和柏恩談話的時候，總經理喬伊也到了現場。

喬伊一臉嚴肅地拿香，鞠躬，向Angel的親人致意之後，看到了我和柏恩，便朝我們兩個走了過來。

「爲什麼會發生這種事情？」喬伊一臉哀戚。

「聽說是感情的事。」柏恩說。

「唉……年紀輕輕，有什麼必要爲了感情……」喬伊一臉不解，我和柏恩也只能沉默不語，因爲我們眞的也無法回答。

這時候，喬伊看了我一眼，接著把柏恩從我身邊帶走。

「柏恩，來，我有點事情和你說……」喬伊搭著柏恩的肩膀，將他拉到了一邊，我想，應該是公司裡的事情，不適合讓我這層級的人聽見。

兩人講了沒多久，我赫然從上香的人群當中，發現一個熟悉的臉孔。

Andy 出現了。

雖然才過了兩、三年沒見到面，但是 Andy 瘦了許多，整個人看起來卻是相當有精神，西裝筆挺，和之前那種年輕小毛頭的感覺截然不同。

只見他滿臉哀傷，上香鞠躬完之後，滿眼通紅地看著我。

「梅兒姐……」Andy 走了過來，我們兩人很自然地抱在一起，而 Andy 這時已經痛哭失聲。

「梅兒姐……她爲什麼要這麼傻……我……一直想要幫她……」我聽不懂 Andy 的意思，但可以了解的是，Andy 就算離開了公司，應該都一直關心著 Angel，並且兩人之間有聯絡。

「別哭了、別哭了，Angel 看了不會高興的……」我連忙安慰 Andy，只不過，滿臉淚痕的我，實在沒有什麼說服力。

這時候喬伊和柏恩在一旁結束談話，柏恩要走過來和 Andy 打招呼的時候，喬伊還不忘補了一句「看他們家裡有什麼需要的，要儘量幫助」之類的話。

「你是 Andy 吧？」柏恩看著 Andy，以前我和柏恩還在交往的時候，兩人見過面，只不過 Andy 卻似乎沒聽到柏恩的聲音，一雙眼睛直視柏恩身後。

那是充滿了仇恨、憤怒，以及哀傷的眼神。

我注意到了 Andy 的反應，這時候柏恩也注意到了。

柏恩很本能地回頭，然而柏恩的身後，沒有其他人事物，只站著一個人—喬伊。

「總經理，你要回公司了嗎？」Andy 沒有理會柏恩，反而提高了聲音對著喬伊喊了出來。

這時喬伊回頭，看見了 Andy，只不過喬伊似乎不太認識 Andy……

「這位是？」喬伊看向了柏恩，希望柏恩幫他介紹，這是很一般的職場禮儀。

「他叫做 Andy，是以前商品部的同事，也是 Angel 以前的同事。」柏恩說。

「喔，請節哀順變……」喬伊很禮貌地回應，但這時 Andy 反而伸出手，想與喬伊打招呼。

因爲先前 Andy 的反應充滿了悲哀，但看到喬伊後，態度卻又一百八十度大轉變，我和柏恩在一旁看得一頭霧水。

不過喬伊畢竟是生意人，很本能地伸手和 Andy 握著手，喬伊可能也感覺 Andy 是否想進行什麼商業上的溝通。

「第一次見面，我是喬伊……」喬伊自我介紹。

「你好，我是 ALA 的總經理，我是 Andy。」Andy 的自我介紹，雖然只有短短幾個字，但已經足以讓我、柏恩和喬伊傻眼。

這一切來龍去脈，即將從 Andy 口中說出。

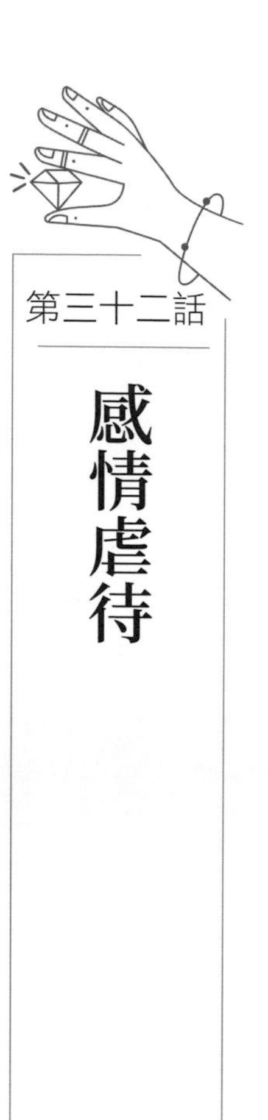

第三十二話

# 感情虐待

殯儀館內原本就詭譎的氣氛，這時候又因爲 Andy 的自我介紹，更添了幾分涼意。

喬伊當然是見過世面的老江湖，一聽到 Andy 的眞實身分後，雖然驚訝，但立刻恢復了生意人本色，用力地和 Andy 握著手。

「原來如此呀，原來 ALA 是我們公司的人出去開的，難怪經營得這麼出色。Andy 是嗎?現在貴公司在市場上眞的非常有競爭力呀。」喬伊的話雖然知道是場面話，但聽了是令人舒服的。

「那麼貴公司現在的競爭力還夠嗎?股價掉了百分之四十,去年營業額衰退了百分之六十,今年是不是要開始裁員了呢?」Andy 的話非常不客氣,連我也不自覺叫出聲。

「Andy……」

Andy 回頭看了看我,用手示意我不要說話,這時兩人的身分就是兩家公司的老闆對峙,我和柏恩只能在一旁觀望。

喬伊放開 Andy 的手,他也發現 Andy 來者不善。

「我們公司這兩年的確有點影響,不過這些事情還不足以擊倒我們。如果你只是因爲以前在公司受過氣,想用這樣的心態在商場上做生意,早晚有一天,你的公司會很慘……」喬伊的口氣也變了。

「我還以爲總經理是個聰明人,沒想到,你果然不太靈光,難怪貴公司的生意,被我在市場上打得一蹋糊塗!」Andy 說。

「什麼意思?」

「我不想擊倒貴公司，因爲那對我來說，一點意思都沒有。我的目的只有一個，就是讓你下台！」Andy 每個字都說得鏗鏘有力，活像要把喬伊生吞下肚一般。

「把私人恩怨放在商場上，你可是會吃虧的。更何況我和你之間，應該沒有什麼過節才是……」喬伊說。

Andy 這時走到我面前，看著我說。

「梅兒姐，五年前妳說過，成熟穩重的男人，事業有成的男人，才是眞正的好男人，値得信賴的好男人……這是錯的，我只是想要證明這一點。」Andy 說完，轉身面向喬伊。

「那一年喬伊總經理結婚，我在新娘休息室外面，聽到了你和 Angel 的對話……總經理，這樣你懂我意思了嗎？」

我看見喬伊的臉色變了，我也似乎抓到了什麼。

「Andy，你聽到了什麼？」我問。

「總經理說，那段婚姻是總經理和 Angel 交往之前就談好的，成熟的男人不能夠違背自己的承諾。總經理會先完成這個婚禮，之後再想辦法離婚，也不會有小孩子，Angel 只要等總經理離婚之後，就可以和喬伊總經理名正言順地在一起。」

Andy 的話一說完，我和柏恩兩人不約而同看向對方，心裡也都明白了。

「前幾天，開完要和 ALA 對抗的商品會議之後，總經理還說到雙喜臨門……」

我驚訝地叫道。很顯然，Angel 是從五年前就已經和喬伊在一起，也就是當時業務部和商品部交集增加的時候。這一切，都只是喬伊為了和 Angel 製造相處的機會，當初我還天真地以為喬伊是對我有意思……而 Angel 自殺的導火線，就是喬伊的太太懷孕了……

「因為總經理太太懷孕了，所以 Angel 才徹底絕望……」這時候柏恩也聯想到了。

Andy 抿著嘴，點了點頭，看向喬伊。

「打從一開始，Angel 就被你騙了。你明明有交往的外國女朋友，卻先謊稱沒有，再到後來騙 Angel 會離婚，一直到你太太懷孕，Angel 終於知道，她一直是被騙的……」Andy 說得哽咽，我從他的話裡面，完全體會出他對 Angel 的感情有多深。

喬伊這時候反而更加冷靜，不疾不徐地拿出打火機以及香菸，點燃。

「因爲這些事情，所以你離開公司，成立一家公司要在市場上擊垮我？你覺得我沒調查過嗎？因爲你那種做法，你也揹了好幾千萬的債了，有必要嗎？就爲了一個女人……」喬伊吐著煙圈，一副無所謂的說話態度，那瞬間才眞的讓我認清了這個人的生活哲學。

「就爲了你這幾句話，我就算死，也要把你拖下水……」Andy 說的每個字，都是咬牙切齒，雙眼就像是要迸出火花般通紅。

「就算你們都死了，我也不會死。就試試看吧，看誰會先倒下去……」喬伊又吸了幾口菸之後，將菸蒂丟在地上踩了踩，便打算離去。

「柏恩，下午早點進公司……」回頭不忘叫了柏恩一句。

不過剛剛那些對話，早就讓我和柏恩傻掉了。Andy 這時恢復冷靜，走到了我和柏恩的面前。

「柏恩哥，不好意思……這幾年來，都是我的公司讓你們疲於奔命了，但我只想要證明給 Angel 看，那傢伙不是成熟的男人，更不是成功的男人……」Andy 一臉歉意，我更從他的臉上，看到了滿滿倦意。可以體會得到，他爲了要讓 Angel 看清楚喬伊的本質，付出了多少的努力。

「這樣做，眞的值得嗎？」我將手搭在了 Andy 的肩膀上，問著。

「……」Andy 沒有回答我，反而轉頭看向 Angel 的靈堂。靈堂上 Angel 的照片，是五年前進公司的時候拍的，原因無他，只是因爲這幾年來，Angel 都沒有拍照。

「我只希望，可以再看到那傢伙，這樣開朗的笑容……」Andy 的話沒有說完，眼眶就紅了，眼淚一滴、一滴在我面前墜落。

Andy 擦拭完眼淚，和我、柏恩分別擁抱過後，便匆忙離去。我知道，他是急著回公司去，要給喬伊致命攻擊。

看著漸漸空盪的靈堂，又經過剛才 Andy 和喬伊激烈的言詞之後，我的心，空了起來……這一切是如此不眞實，卻又如此存在我的生活中。我曾經來過這個五年後的世界，但我什麼都沒看清楚，無論是柏恩，無論是 Angel，無論是喬伊，當然也可能包括我自己……

也許五年前，所謂「追求成熟的男人」，根本是個藉口，我只是個自私又幼稚的女人罷了……

第三十三話

# 商業手段

在Angel的靈堂待到中午左右，柏恩已經先回公司了，而我卻還在感傷著這一切。

像喬伊這樣的男人，雖然貴爲總經理，但是我有必要替這樣的人工作嗎？我的心裡掙扎著。

一路上慢慢搭著公車，我回到公司，這時已經是下午左右，只不過走進公司後，我卻發現奇怪的現象。

朵拉一看我走進辦公室，就趕緊拉著我。

「去和瑪姬講幾句話吧。」朵拉說。

「講什麼？」我反問。

「她被裁員了……」

我一臉不可置信。

「什麼？什麼時候的事情？只有她嗎？」

「還有一些人，似乎是階段性的，但是這一波，先裁掉她。」朵拉說。

我真是完全無法接受。瑪姬，一個我認定是全公司最認真的人，從畢業之後進到公司，就一心一意替公司做牛做馬，甚至連家人、朋友都沒有，做到四十幾歲，現在要資遣她？

在商品部辦公室裡面，班森部長和她是唯二有自己辦公室的人，我曾經一度很嫉妒瑪姬，因此不常來敲這個辦公室的門。

「叩叩……」我敲著門，不過沒有人回應，門只是半掩著的。

於是我推開門，看見了一堆文件、書籍和資料，像山一般堆在辦公桌上，一時之間，我竟然沒有看到瑪姬。

「呼……」忽然，一個人影從桌底下冒了出來，正是她。

「瑪姬，妳嚇人呀……」我笑著說。

「哈哈，梅兒副理，我要整理好資料呀，不然接下來，妳或朵拉副理兩個人升了經理的話，到時候不好做事就麻煩了……」瑪姬說得輕鬆，一點都不像是要被裁員的人。

「瑪姬……」我看她這樣反而不捨。

「梅兒副理，這些年來謝謝妳了，妳幫了我們部門，也幫了我好多的忙。我這輩子都不會忘記，我們曾經一起工作過的時光……」瑪姬這時候伸出了手，卻讓我雙眼泛紅，原本是想要進來安慰她的，沒想到卻被她給惹哭了。

「瑪姬……」我握住瑪姬的手，眼淚卻流了下來，瑪姬看我這樣，也哭了。

「傻瓜，哭什麼，只是離職呀……」瑪姬話雖然這樣講，但是全部門的人，誰不知道瑪姬對公司最忠心，誰不知道她早決定把自己的一切奉獻給公司。

「我們要保持聯絡，好嗎？」我說。

「當然呀，我還等著吃妳的喜酒呢……」瑪姬擦著眼淚，一邊笑著。

我受不了這樣的氛圍，和瑪姬擁抱過後，我趕緊離開了她的辦公室，那個曾經是我覬覦許久的空間。

回到座位後，我呆呆坐著。

回想起這一切，在五年前，我到底做了什麼錯誤的決定，又做對了什麼好事情……我曾經來到五年後的現在，再回去五年前，但看起來，這一切似乎只是被我搞得更糟糕。

我沒有在意身邊的人，包括Andy、Angel、春音、美和，甚至是柏恩，我只是一味想著自己要什麼、不要什麼，因此對我來說，使用這個能力後可能更糟，因爲我只會傷害到更多人。

想起美和說過的話，母親不希望我們太常使用這樣的能力，或者說不應該使用在私利上，因爲這麼做會不客觀，會對歷史造成其他傷害。

雖說如此，但這時候我心裡卻響起另外一種聲音。

我不喜歡這個五年後的歷史，非常不喜歡，不喜歡到想要認眞回到過去，改變這次的歷史。

我知道我還有一次機會，還有一次當哆啦A夢的機會，如果這次回去，我要改變任何可能變壞的歷史，我要和柏恩在一起，我要破壞喬伊的好事。

想著想著，我從位子上跳了起來，我不願意再待在這個時空半秒，我要讓這一切變得更美好，這才是我們家族擁有這項能力的責任。

「梅兒，妳要去哪裡呀？」朵拉看我站起來就往辦公室門外跑，大聲叫了起來。

我跑到一半，回頭對她笑著。

「我要改變未來……」然後，我頭也不回地跑著，跑向公車站，往家裡的方向直奔。

一進到家中，我也不管美和在不在家，就直接衝向小房間。

然後我坐到六芒星的正中央，先複習了一下咒語。

我回想著五年前的日期、事件，考慮著要從哪一段時間開始，雖然我知道，我必須再次經歷和子萱的生離死別，但如果可以在這一次幫到更多人，我相信這樣做是值得的。

確定好時間，下定決心之後，我在咒語的後段加上時間座標，然後閉上眼睛，開始默默念著。

過程並沒有不同，在我念了幾次之後，身體開始感受到晃動，從一開始的左右晃動轉變成上下晃動，然後從某個時間點開始，我的意識脫離了身體。

分解、變速、變形、旋轉、匯集……

再重複了同樣的流程後，又回到晃動。激烈的上下晃動，轉移成平緩的左右晃動，逐漸平復，逐漸緩和……

我的眼睛沒有睜開，依舊是一片黑暗。

等到我緩緩張開眼之後，我在客廳，我的面前有一碗炒麵，抬頭看了一下客廳裡的日曆，我知道我回來了，回到了一切都還美好的年代，而這個世界，正等著我去改變。

第三十四話

# 再來一次要更好

雖然我確定了自己時空穿梭的日期，只不過到底是不是我想的那一天，還是要等到實際去上班之後，才能確定。

不過當我走進商品部辦公室以後，發現商品部的會議室裡面，坐著幾個包括喬伊在內的業務部同事後，我就確定了這一切。

在工作沒多久之後，Andy 的訊息視窗殺至。

「梅兒，那個業務部經理喬伊，怎麼好像常常看著妳發呆……」

「有嗎？」這對話和當初是一樣的。我相信這時候 Andy 還以爲喬伊有興趣的是我，而不是他的公主 Angel。

「你關心你自己的感情吧，Andy……」

就在我回傳的同時，喬伊如同歷史般從會議室裡走了出來，並且走到我的身邊。

「妳是梅兒吧？聽說妳的能力很好，工作表現又佳，希望以後可以好好和妳合作。商品部和業務部門應該要更常溝通，才可以替公司創造出更好的利潤。」喬伊說的話就像錄音機一樣播出，完全在我預料範圍內。

我這時注意到了，坐在我身後的 Angel 一直盯著喬伊和我對話，這是我當時沒有察覺到的細節。可以推測得出，Angel 這時候已經對喬伊有好感了。

我這時候很刻意地忽然站起，撞上喬伊的身體，並且順手將他插在腰際後方口袋的皮夾扯到地上。

「不好意思，不好意思……我幫你撿起來……」接著我動作敏捷地揀起那個皮夾—那個我早就知道放著照片的皮夾。

「哇，經理，這外國女人好漂亮喔……是你女朋友吧？」我刻意大聲喊著，並且將皮夾放有照片的那一面朝向Angel。

喬伊一時沒有料到我出這招，緊張地想要把皮夾搶回。

「不是、不是，那是朋友……」喬伊一把將我手上的皮夾搶走，並且矢口否認。

「不是才怪！」我忽然提高音量，大到連我自己都嚇到。

「明明自己有女朋友了，你還想要騙大家你單身嗎？你是想要騙幾歲的妹妹呀？我告訴你，我們商品部的女孩子，都不是你可以碰的……」我激烈地對著喬伊吼著，所有人都傻了。

班森部長連忙跑過來打圓場。

「梅兒，妳在胡說些什麼啦……趕快向經理道歉，快點！」班森說。

「我不道歉，爲了這種人，我沒有必要道歉……」我很強硬，自然是因爲我已經有了打算。

「梅兒，妳好不容易升上了副理，沒有必要如此，快點向人家道歉。」班森這時候也尷尬了起來，口氣越來越硬。

這時子萱、Angel、Andy 都過來了。

「梅兒姐，妳怎麼了？就算那是他女朋友也不重要吧。」Andy 說。

我看著抓住我手的 Angel，認眞地說著。

「Angel，梅兒姐對不起妳，上一次和妳說的話不是對的，成熟穩重的男人不代表任何意義，妳要找到對妳好的人，知道嗎？」我看著 Angel，想起了靈堂裡面的照片，眼眶又紅了。

「梅兒姐，妳怎麼了呀，不要嚇我們啦……」子萱這時也感覺到我和一般時候不同。我這趟回來就是爲了要改變世界，至於可以改變多少之後的際遇，還是只能夠看個人造化。

「梅兒，妳到底在想什麼呀？」班森部長無奈地對我說著，我則是面對 Angel，用力指著喬伊說。

「Angel，這個人就是已經有女朋友了，他們甚至明年就會結婚了，什麼都不用想，知道嗎？」

Angel 一臉驚訝，我接下來轉過身，面對班森。

「部長，很感謝你這幾年來的照顧，也謝謝你認可了我的能力，把我升起來當上了副理，只不過人生裡不是只有這些事情，我決定走入婚姻，因此我在今天，正式向您提出辭呈……」我對部長深深鞠了個躬。

身邊同事個個面露難色。

喬伊似乎只覺得自己遇上了瘋子，收起了皮夾掉頭就走。

「梅兒，妳發什麼瘋呀？就算是結婚，也可以不用辭職吧？妳辭職了，我們怎麼辦呀……」朵拉在她的位子上喊著。

「我離職了，還有你們在呀，商品部有大家在，一定可以打得過任何外面的公司。Andy，你說對吧？」我衝著 Andy 笑。

「對，是沒錯……」Andy 只能尷尬地陪我笑著。

我知道，這樣一來，Angel 應該就會對喬伊有所防備，不至於這麼傻呼呼地就接受對方感情，加上有 Andy 在一旁保護，相信這件事情會往好的方向發展，就算 Angel 的生命長度只有那些，也希望這幾年她都是開心的。

就在這樣一陣混亂之後，大家的心情雖然受到影響，但是喬伊走了，我也已經決定離職，大家只能無奈地回到座位上，度過這平凡的每一天。

只不過當我坐回位子上的時候，另外一個訊息殺至。是我的好朋友，春音。

「妳是不是說要約我明天晚上喝酒呀，來我家吧（笑臉）」

我看著春音的訊息，嘴角微微笑著。

「沒問題，一定到，我會帶酒過去的……」

「ＯＫ（大拇指）」

一件事一件事慢慢處理。畢竟現在的我，真實的心理年紀已經三十五歲了，要再一次應付或面對這些狀況，我相信我會處理得更好。

不然的話，我就沒有必要再來這麼一次了，對吧。

在回覆完春音的訊息之後，我赫然發現收件匣當中躺著新的郵件。

那是一封來自「未來老公」的信。

我這時候才注意到，這個關於我自己的問題，我一直沒有解答，既使已經來回了兩趟五年之後的日子……

我竟然還是不知道，這個人是誰……

第三十五話

# 為了誰好

隔天晚上，我到了春音的家，喝下幾口紅酒之後，聊起柏恩的話題。

「求婚了嗎？終於……」春音說。

「什麼叫做終於？妳認爲他早就應該求婚了嗎？」

「我是說，以他的個性，他早就想要求婚了吧……」春音說的話和原本的歷史一樣。

「早或晚都好呀……反正我的內心已經有答案了……」只不過，我的回答變了。

春音這時瞪大眼睛。

「妳不是說，是有煩惱才來找我喝酒的嗎？」春音說。

「我是這樣說的嗎？」

「對呀，妳說妳和柏恩之間的感情，妳有點困擾……結果現在竟然說，妳已經有了答案？」聽起來春音有點不太高興。

「妳不喜歡我和柏恩結婚嗎？」我微笑著。

「怎、怎麼會，這是最好的結果呀……」春音像是被看破了心事般慌張。

我看著春音這個好朋友，這時候也很能夠體會她現在的心情。春音發現我一直在看著她，不自主地尷尬了起來。

「做什麼呀妳，幹嘛一直看著我？」春音說。

「對不起耶，春音……」

「什麼意思？」

「我先結婚的話，妳一個人會比較孤單，對吧？」我是真的有這種感覺。

「梅兒妳……」春音這時候像是感受到什麼似地，講話也柔和了起來，我舉起了酒杯，示意春音什麼話都不用說。

兩個好朋友，開心地喝著酒。

「眞好呀妳……我其實好羨慕妳可以有柏恩這麼好的男人。我也好想到未來去看看，我的老公是誰……」酒過幾巡之後，春音開始聊起當初的話題。

「……」我沉默著。

「怎麼不說話？」春音問。

「相信我，知道了未來，不見得是好事呢……」

「對呀，因爲，未來還有未來，未來的未來也還有未來，未來的未來的未來也還是有未來，未來的未來的未來的未來……欸我算幾次了呀？哈哈哈……」春音大笑，我也跟著大笑。

其實，還是好朋友呢……

這天晚上，我沒有醉，倒是春音像是因爲知道了我的婚訊，整個人醉到不行。

隔天晚上，長島酒館內。

五年來不變的老位子，柏恩早已經在八點之前坐定。

「梅兒，這邊！」柏恩看見我從門口走進來，依舊多此一舉地用力揮著手，然後帶著點得意，往餐廳老闆的方向打了個暗號。果然，T&D〈未來〉的前奏響起。非常標準的柏恩流程。

「妳看，一切都沒有變吧，就像當年我們兩個第一次見面一樣。」

「真的，一點都沒有變。」看著現在這樣的柏恩，我覺得是可愛的。

「我知道，過去的事情沒什麼好說的，我們需要面對的是未來，就像這首歌一樣……」柏恩露出了沉溺於幸福未來幻想中的表情，我苦笑著柏恩的天真。

柏恩這時候又向餐廳老闆彈了彈手指，很帥氣地接下了服務員送來的盒子。

「接下來，就是今天晚上的重頭戲了……登登登！」柏恩將小盒子放在桌上，像是要拆禮物般，一個步驟接一個步驟在我面前展示著。

我沒有說話。

「梅兒，請妳嫁給我，我已經知道妳離職的決定，我也相信妳的決定。這一切都是對妳最好的選擇，和我結婚吧！」柏恩配合他講話的速度，拆著求婚戒指的戒盒包裝，在最後一句講完時，正好露出戒指的光芒。原本就是抱著要來答應柏恩求婚的我，卻因爲柏恩最後的一段話陷入了困擾。

「對妳最好的選擇……」柏恩的這句話其實沒有任何根據，因爲柏恩根本不知道和我結婚之後，我們兩人的生活，或是說我和他兩個人會不會幸福，但現在的我卻知道，怎麼做一定會對柏恩的生活有很好的保障以及發展。

我看著柏恩的臉，似乎終於想通了什麼。

現在的他，我眞的沒那麼愛呀。不管是五年前的我，或是現在的我，眼前這個天眞的柏恩我並不想嫁，但是如果我離開他，他就會成爲眞正成熟穩重的男人，如果我不去干預他的未來的話，他會在春音的陪伴下，眞正成爲一個接近完美的男人，那麼我又何必在這個時間點，勉強自己，又破壞他的人生呢？

怎麼樣的選擇，才是對他最好呢？在我經歷了那麼多次「對我自己最好」的選擇之後，我應該要試著做一次「對他最好」的選擇才對吧……

在這個關鍵時刻，我的心又再一次推翻了自己的決定。

「我不想嫁給你。」於是，我說出了和當時同樣的答案。

「什麼？」柏恩的表情依然是帶著笑容的，只不過，他有點驚訝。

「我不想嫁給你。」我又重複了一次。

柏恩在空中揮舞的手這時候才停了下來，然後毫無表情地看著我的眼睛。

「梅兒，我可能聽錯了，妳可以再說一次嗎？」柏恩說。

「我不想嫁給你。」而我，連續三次講的話都一樣，同樣的語氣，同樣的字句，同樣的音調。

柏恩頓時像洩了氣的氣球，全身軟趴趴往後攤在椅子上。

〈未來〉這首歌的副歌正在餐廳裡激昂地迴響著，我和柏恩兩人坐在老位子上，一句話都沒講。

就這樣，〈未來〉這首歌播畢，背景音樂完全消逝後，我們兩人，還是一樣一語不發。

「沒事的話，我先走了。」我說。

「等一下，可以告訴我爲什麼嗎？」

「上一次我說過了不是嗎？你以爲我在開玩笑？你不夠成熟呀，如果我和現在的你結婚的話，你一定不會有什麼出息，你一定只想著每天回家和我一起吃晚飯，一起看 DVD，一起聊天……」我不帶任何情緒地說出了這番話。

「這樣不就是最好的嗎？這不就是我們追求的一起生活的意義嗎？」

「我不只要這些呀，我還想要多些，我希望我的老公除了顧好家庭之外，更會追求自己的成就。陪我吃飯當然很好，但是我希望看到我的老公更有出息呀。」我知道，我一定得要把這段話給說完。

「爲什麼妳這麼在乎那些事情，以前的妳不會這樣呀……」

「以前的我不會這樣，但讓我告訴你，以後的你也不會這樣想，以後的你會感謝我，會知道我講的這一些對你來說有什麼好處。」

「梅兒，妳可以不要走嗎？可以再考慮一下嗎？」柏恩試圖抓住我的手，只不過這一次，我早有準備。我閃過柏恩的手，站了起來，並且說了最後一句話。

「我們，分手吧……」

第三十六話

# 體驗

Dear 美和：

妳好嗎？還是一樣過著隨「性」的生活嗎？

我在這裡一切都好，不用擔心我，畢竟都已經自己在國外生活十年了。現在的我，非常獨立。

會寫這封信，是因為有點事情想要麻煩妳。我在美國的工作結束了，美國的同事竟然介紹了我一份在台灣的工作，所以呢，我要回台灣了。在美國住太久了，我怕我的東西太多，搭車子會很不方便，妳可以來接我嗎？我會很感激妳的。

班機和時間如附件。

我會帶妳愛吃的東西回去給妳唷！

愛妳的妹妹　梅兒

寄出這封信後，我就搭上飛往台灣的班機，準備回到這個我離開多年的地方。

回想起來，已經十年了。

這十年裡，我只有與美和聯絡，台灣那群同事通通斷了關係，只因為我不想干擾他們未來的變化，那一段我曾經參與過的歷程。我真心希望在我不在的時間裡，他們能過更好的生活，雖然那些事情我可能很難有機會得知了。

搭了十幾個小時的飛機後，我終於抵達桃園機場，領取了三大箱的行李，然後費了九牛二虎之力將行李放到推車上。我緩緩步出通關口，在一群陌生面孔中，尋找我熟悉的臉孔。

終於，一個瘦小卻在人堆後方不停跳躍揮手的身影吸引了我的目光。我不由自主紅了眼眶，那是我的姐姐，我的親生姐姐美和。

「喔我的天呀，美和，妳怎麼還是這麼瘦……」我一把抱住美和。

「歡迎回來呀！妳才是吧，皮膚還是保養得那麼好。拜託，妳都四十歲了，怎麼和剛出國的時候沒有兩樣……」美和興奮地叫喊著，她的聲音眞的讓我有回到家的實際感覺。

「好啦，好啦，我們先回家，回家慢慢聊……」當美和看向我指的三大箱行李之後，不禁傻眼。

「ＯＫ，接下來才是我們倆的問題，我也許應該請妳帶幫手來的。」我說。

「妳怎麼知道我沒有帶呢？」我這時循著美和的手指方向看過去，才發現原來離美和五步之遠，一名理著平頭的男人一直站著看向我們這邊。

「我的天呀，美和，這位是？」我察覺到剛才失態了。

「叫他阿平就行了，因爲理個平頭嘛……哈哈……」美和還是喜歡胡說八道。

「你好，我是美和的妹妹，梅兒。」我伸出手和阿平握手。

「我知道，常聽美和說起……」阿平講起話來帶著點羞澀，我心裡有數，美和找到了不錯的男人。

「好啦別多說了，趕緊搬東西吧……」在美和的一聲令下，阿平負起了這個艱難的任務，然後我們三個人坐著阿平開的車，往新北市邁進。

一路上，我與美和聊著這幾年的生活，才知道美和現在靠著一點點巫術，開始幫人家算命，在網路上小有知名度。

而我這十年來，除了前幾年一直在唸書之外，打工旅遊幾乎變成了我後面幾年的某種生命循環。就連現在回到台灣，我都認爲是另外一趟旅遊，只要打完工，賺飽錢，我就可以往下一個里程碑前進。

到家之前，美和原本打算去家附近的麵攤，買上我最常吃的炒麵，不過卻被我制止了。

「怎麼?家裡沒東西吃唷。」美和說。

「我有帶、我有帶，旅遊達人怎麼可以自己不會煮吃的呢?剛好阿平也在，一起嚐嚐我的手藝吧！」我笑著說。

「好呀！」阿平在駕駛座立刻回答。

「哪有你的份。」卻被美和吐槽。

我笑了。

回到自己的地方，果然還是親切得多。十年前的那些事情，雖然一個細節也沒忘，卻不太想多去觸碰。

回到了久違的小木屋，家裡的擺設和以前一模一樣，好多往事也都一湧而出。

「好，就讓我來下廚吧……」一陣兵荒馬亂之後，阿平與美和吃下我煮的義大利麵，讚不絕口。

極度疲累後，我也在房間昏睡過去。

第二天早上，我被窗外的陽光喚醒。張開眼睛後，我對於可以回到台灣，感到非常享受。

當年，我認爲我做出了對最多人最好的選擇，現在看起來，我這十年也過得很豐富。

不料我一抬腳，腳趾頭竟然踢到電腦，讓我痛到說不出話來。

「這誰的東西呀……」我的眼淚差點沒流下來，畢竟這個房間我已經離開太久，不熟悉了。

整理了一陣之後，我來到客廳，見到美和。

「梅兒，我要出門去幫人家算命唷，妳自己活動吧。」

「行啦，妳當我三歲小孩喔？」對於與美和的關係變得如此融洽，我想我三十歲以前都沒想過。

正當美和要出門的時候，我問了一句。

「對了，我房間那台電腦，是誰的呀？」美和問。

「那台是妳的呀，妳當初離開公司時，同事們說妳因爲不喜歡公司買的款式，所以自己花錢買，不是嗎？」美和話說到一半，已經走出門了。

我點著頭。想想，的確有這樣的事情。當年的自己眞是任性呀，竟然連公司配的電腦都不肯要，還要自己花錢去買。

沒記錯的話，那電腦是柏恩陪我去買的。想著想著，我忽然很想去公司看看，不知道那辦公室還在嗎？那些同事，還在嗎？

已經過了十年，大家應該都還好吧？想著想著，我便決定今天要到舊的公司大樓走一趟。

第三十七話

# 久違的感情

光是從家裡走到搭公車的地方，我都覺得十分新鮮。

這十年沒回來的空檔，可不是普通地短。比起那一次跨越時空來到五年後，從國外回來的感覺就像是穿越了十年的時間。

在公車上，我回想著這十年來的生活。我雖然到處旅遊，但在感情方面卻封閉了自己。我幾乎沒有碰到任何可以令我敞開心胸的男人，或許這也是因爲，我期待著哪一天回到台灣之後，能夠看到成熟的柏恩。

公車走了一段時間，來到公司。從外面看來，這棟辦公大樓依舊和十年前一樣，但我不確定公司是否還健在。也許我做的事情完全沒有影響到未來，ALA 依舊成立，喬伊依舊是總經理。如果是這樣的話，公司倒閉的機率並不低。

我一步一步往前走著，心裡卻七上八下地跳著，這感覺有點像是參加百萬富翁挑戰賽，答到了最後一題，快要揭曉謎底那般緊張。

應該是上班時間的緣故，一樓大廳看起來很空曠。我直接走到從前商品部的辦公室，想要看看有沒有我認識的面孔。

我輕輕推開辦公室的門，裡面依舊坐滿公司員工，從牆上的標誌看起來，還是我們以前那家公司，只不過，我看向辦公桌前的每一個人，竟然沒有一個是我叫得出名字的。

這時候有一個看起來像是企劃人員的年輕人發現了我——一個靠在門外的中年女人，趕緊走上前來。

「請問妳要找誰？有什麼事情嗎？」霎時之間，我竟然說不出任何名字，只能支支吾吾隨便講了個頭銜。

「部長，我找你們部長，請問他在嗎？」我想，班森部長應該還在才對。

「部長嗎？請妳等一下喔。」年輕女孩走進那間部長辦公室，我總算鬆了一口氣，畢竟有個認識的人還在，我開心多了。

這時候女孩子走了過來。

「部長請妳進去。」我讓年輕人帶路，一路走進部長辦公室，只不過裡面的並不是班森部長，雖然這位部長正在低頭看文件，但可以確定她不是班森。

因爲那是名女性。

「請問有什麼事嗎？」這名部長依舊低著頭處理文件，看起來是名非常勤奮的工作狂。這時候，我也瞧出了點蛛絲馬跡。

「……瑪姬，妳是瑪姬對嗎？」我如果沒猜錯的話，這名工作狂，就是以前的經理瑪姬。

瑪姬一聽到我的聲音，緩緩抬了頭，看著我的臉，也叫了出來。

「梅兒，眞的是妳！我的天呀……」瑪姬驚訝地叫出聲音，惹得走到門口的年輕人臉色微變，回頭看向瑪姬。

「咳，沒事了，妳出去吧。」瑪姬不好意思地看著年輕人，趕緊利用職務上的威嚴掩飾自己的尷尬。等到年輕人一走出辦公室，瑪姬就興奮地一把握住了我的手。

「眞的是妳呀，梅兒，妳眞的是……就這樣不聲不響走了，我們大家都想死妳了，去哪裡了呀？」瑪姬的頭髮白了好大一片，這也是我一進來無法立刻認出她的原因之一。

「沒事，我去了美國，就是想換個環境。」當我確認這是瑪姬的時候，我知道，我的選擇已經有了部分對的答案。

在那一次的歷史裡面，爲了公司鞠躬盡瘁的瑪姬，最後的下場是遭到資遣，然而今天，瑪姬成了堂堂的部長，坐在了應該屬於她的位子上。

「恭喜，升部長了耶……哈哈……好棒喔！」我眞的笑得合不攏嘴。這時候瑪姬聽到我說這話，像是想到了什麼。

「這有什麼好恭喜，我帶妳去恭喜另外一個人。」瑪姬拉起我的手，一路走出她的辦公室。我知道這個方向，那是往總經理辦公室的路。

我這時心跳忽然加快起來。我簡單推測，瑪姬希望我見到的人，照理說，應該是柏恩吧。該不會在我做了那些事情之後，柏恩一路無阻成爲了總經理？

只見瑪姬輕敲了總經理辦公室的門幾下，便迫不及待推門進去，而裡面坐在總經理座位上的那個人，不就是我熟悉的面孔。

班森部長。

不，現在應該稱呼他爲班森總經理了。班森看到我之後，好幾秒反應不過來，最後總算站起身，給了我一個大大的擁抱。

「梅兒，喔，我眞想不到還會見到妳……」班森的眼中泛著淚光，我自己也全身都起了雞皮疙瘩。

雖然我的期待落了空，但見到這兩位長輩，還是讓我相當開心。然而，從他們的口中，我得知了某些訊息，也依舊得不到某些訊息。

子萱依舊在那一年因癌症過世了，Andy和Angel則在我離開後一年相繼離職。朵拉前兩年辭去了工作，專心回家照顧她和順子的小孩。

「……柏恩呢？」我遲疑了很久，還是開口問了。

「五、六年前升上部長之後，表現很好地做了幾年，後來不知道什麼原因，主動辭職了，現在我們也沒有聯絡。不過他一走，喬伊部長的表現也相對變差了，這也是爲什麼到最後，是我們商品部主管出頭天呀！」班森講得感慨，我的心思卻早已經不在這裡……

我的選擇，好像並沒有讓柏恩得到最好的結果呢……

和班森、瑪姬又閒聊了一陣之後，我以不打擾他們工作爲由，藉機離開公司，一個人像孤魂般，也不知道要飄向何處，無意識地搭著車、走著路，最後，看到了一個好眼熟的招牌。

長島酒館。

我沒想到，我終究還是走到了這間餐廳。門口，老闆正在擦拭落地窗的玻璃。

「老闆，記得我嗎？」我笑著說。

「喔……喔……」老闆挪了挪眼鏡。說眞的，我不確定他是否記得，不過我相信我這張臉，他依舊有印象。

「坐……坐……」老闆招呼著我走進店內，店內的裝潢有點改變，不過也沒變太多，我試圖找到以前最常坐的位子。

店裡的客人少得可憐，我這才發現，老闆並不是要擦拭玻璃，而是試圖將一張「店鋪頂讓」的海報紙貼在落地窗上。

我點了杯紅酒後，一個人望著窗外。看著太陽慢慢落下，看著天色緩緩變暗。在我坐在店裡的這兩、三個小時裡面，幾乎沒有一個新客人走進，我心裡暗自贊同起老闆的決定。

一直到晚餐時間，我才決定回家與美和一起吃飯，於是買了單走出店門外。我一路走到公車站，路上除了遠處傳來的救護車聲外，這一帶還是相當寂靜。

只不過這時我赫然想起，美和借給我的台灣手機，我忘了帶走，擱在長島酒館的桌上。我一拍自己的腦袋，趕緊快步走回餐廳。

沒想到剛才的座位上，已經坐了另外一位客人，那名男子正拿著我的手機不明就裡地看著。

我走到他的面前，他卻沒有察覺，依舊認眞地看著我的手機。

「先生，不好意思，那是我的……」我記得十幾年前，我也似乎在同樣的地方說過同樣的話。而當時抬頭的人，是柏恩。

沒想到，今天抬頭看我的人，還是柏恩。

## 第三十八話

# 愛情

柏恩看著我，許久。而我，心裡雖然激動，表面卻平靜到不露痕跡。

「咳……這是妳的手機？」柏恩說。

「是的。」

「所以說，妳剛才，坐在這裡？」

「是的。」

「喜歡這個位子呀？」

「是的。」

「是不是有什麼特別的原因？」

「這裡有我最特別的回憶……」

「哈……哈哈……我好想知道妳說的是哪一段呢。不知道是我也覺得美的那一段回憶，還是我覺得苦的那一段回憶？」

「兩段都是最特別的……」

「所以……妳來這邊尋找回憶？」

「不完全是……」

「還有別的理由……」

「可能是來尋找回憶中的人……」

「……找到了嗎？」柏恩的眼眶，有點水光。

「找到了。」

「找到之後呢？」

「找到之後……我想對他說些話。」

「說什麼？」

「……我想請他……和我結婚……」

「……」柏恩用力撐著自己的眼眶，嘴唇微微抖動。

「妳不擔心他已經結婚了嗎？」柏恩說出了我有想像到的事情。

「我會等他。」

「爲什麼？」

「因爲我知道，我會愛上現在的他……」

在講這些話之前，柏恩一直坐在座位上，而我一直站在他的面前。這時候，柏恩站了起來，走到我身前，我才看清楚，柏恩變得很瘦。

「五年前，我打算與春音結婚，但是……我找不到妳。那個時候我才知道，我不是眞心想要和春音結婚，是因爲我想看到，我和別人結婚，妳會有什麼樣的反應……」柏恩握著我的手。看來，這一段歷史並沒有任何改變。只不過，我沒想到，柏恩當初的心態，原來也是想要氣我……

我眞的，恍然大悟。

「後來呢？」

「如果不能讓妳知道我結婚消息的話，我的婚姻就沒有意義。從那時候起，我就知道，我只能等妳，然後，再一次追求妳……」柏恩握起我的手。這時候，我不爭氣的眼淚，終於從我假裝平靜的外表下奪眶而出。

在國外生活十年，我終於知道，愛情不是那瞬間的比較，愛情就像酒一樣，會隨著時間提煉出更美的味道。

而我，卻不停濫用時間……

或許柏恩也在這幾年之後，才更加了解愛情的本質，我欣賞柏恩現在的成熟，但我也懷念柏恩十年前那種青澀的愛情觀。

在講完彼此的感覺之後，我們不再多問對方問題，只是隨心所欲聊著最近的話題。我們都清楚，這空白了的十年，需要我們兩個人一起努力，去將這些記憶都填補回來。

不過柏恩不經意的一句話，再度把我嚇到了。

「或許，當初妳不想和我結婚，和那封信有關係……」

「你知道那封信的事情？」

「哈哈……哈哈哈……當然知道，因爲，是我寫的呀！」柏恩笑了，但我總覺得他的臉色看起來不太好。

「是你寫的？」

「我希望在生活上給妳多點驚喜。如果當初妳答應了我的求婚，我打算繼續匿名寫信給妳，讓妳就算成爲人妻，也可以享受被追求的幸福。哈，看起來好像是我想太多了……」柏恩說得輕鬆，但這時我才覺得，這一切都是我沒去了解柏恩，才會產生這麼多的事情。

「……結果因爲那信，我提了分手……」事實當然不是如此，只不過現在講起來，一切都變得很有趣。

「妳提分手是正確的，眞的……我覺得妳在提分手的時候，好成熟，讓我心裡不停喊著：『我眞幼稚，眞幼稚……』」

「所以春音呢？」

「早就分手了，在我知道了我……嗯，在我知道了我無法和她結婚，還是只愛妳之後。」這時候的我，完全沒有發覺到柏恩這句話有什麼問題。

「那……我們重新開始？」我說。

「不是已經開始了嗎？從妳忘了手機，回過頭來拿的這刻開始，就像我們第一次見面的情況呀，妳還記得嗎？我們第一次認識的時候……」柏恩就像那時候一樣，又開始講起了我們初識的事情，而一切，就像昨天般熟悉。

同樣的敍述往事，今晚的這段時光美得讓我無法忘懷。「懷舊」，竟然會是如此浪漫的一件事……

我們一直聊到長島酒館關門，兩個人才緩緩走出餐廳。

「去我家好嗎？」柏恩說。

「這麼急……明天吧。晚上一樣約在這裡，我剛回台灣，沒和姐姐說好，我怕她擔心……」我說。

柏恩握著我的手，一把將我抱到他懷中，我這時再度驚覺，他實在瘦了太多。

「好！」柏恩輕扶著我的臉，在我的額頭上吻了一下。

「我要把這十年和妳之間空白的回憶，全部補回來……」柏恩在我耳邊說著。

「嗯……」我點頭。

在他送我坐上公車之際，我總感覺哪個地方不對勁，卻說不上來，便在心裡提醒自己，明天晚上再與柏恩見面時，要提出來聊。

我等待著明天晚上，長島酒館……

第三十九話

# 留住一切美好

回到家後，我滿臉掩飾不住的笑意，被美和輕易識破。

這十幾年來經過許多事情後，我越來越能把美和當作家人看待，因此，我把我和柏恩之間的事情，很詳細地說給了她聽。

美和嘴巴說著羨慕，我卻完全可以體會她和阿平之間感情穩定，幸福煞人。

「那妳就等明天晚上吧，順便請他來家裡吃飯。」美和說。

隔天，在經歷白天下午的煎熬之後，還不到傍晚，我就匆匆趕到長島酒館，叫了杯飲料，悠閒地等待柏恩的到來。

基本上，昨天晚上雖然聊了很多事情，但是還有好多問題，我想要問他。包括他爲何要離職，以及現在在做什麼之類的……

天黑了之後，我又叫了一杯飲料。

不知不覺間，我的第二杯飲料又喝完了。看向店內的時鐘，我才發現，早就已經超過八點半，柏恩通常是不會遲到的。

空盪的店內，響起了室內電話聲。老闆接電話後，走到我的桌前。

「梅兒小姐對嗎？請妳接個電話。」我有點摸不清現在的情況，走到了櫃檯。

「喂？」只不過這通電話，我只發得出這個聲音。從我打完招呼之後，對方的談話內容，到最後都令我無法開口。

柏恩的爸媽，我沒有見過，但是以前交往的時候有聽柏恩談過。電話那頭，就是柏恩的母親。

內容很簡單，意思就是柏恩今天無法赴約了，因爲三年前檢驗出來的骨癌，讓他在這幾年無法工作，什麼事情都不能做，而今天中午，柏恩已經停止了心跳，離開人間。

這通電話回答了我昨天晚上遺留下來的問題，只不過，我一點都不希望，是透過這樣的方式得知。

掛上電話後，我依舊回到座位——那個充滿了我和柏恩回憶的位子，繼續喝著飲料。

不知道該說老闆是不識相，還是貼心。他在這時拿出老舊的CD，播放了起來，那首歌就是柏恩最愛提的，我們的定情歌曲〈未來〉。

已經是十幾年前的歌曲了，聽起來依舊有味道。我相信如果柏恩在的話，一定會講出這樣的話。

我看著窗外，聽著偷米的歌聲，眼淚一顆接一顆，緩慢流著……如果這就是我們兩人當初的未來，我是否會更珍惜一些事情，更不在乎一些事情……

和昨天晚上一樣，我待到餐廳關門，當我走出店外，看到老闆正打算將那張「店鋪頂讓」海報撕下。

「不賣了嗎？」我問。

「賣出去了……」老闆笑著。還好，柏恩不會知道這件事情，否則，他應該會很難過吧……因爲我們的回憶——長島酒館，也要結束了……

搭公車回家吧……我自問自答著。接著，像是想到什麼似地，我有點失心瘋，一下了公車就衝回家裡，連在客廳的美和與阿平，我都沒有和他們打招呼。

我一路狂奔，跑進了那個小房間，六芒星和蠟燭等記號依舊都在，我二話不說，也不顧還喘息著的身子，一屁股就在六芒星中央坐了下來。

我開始唸咒語，加上了十年前的時間座標，我很迅速地唸著，一遍、一遍、一遍，不停地唸著，可是地面沒有晃動，意識依舊清晰，我坐在六芒星正中央，一動也不動。

「動呀……動呀……我要回去十年前！快點動呀……」我一邊唸著咒語，一邊著急地哭出了聲。

「拜託讓我回去，最後一次就好，最後一次……嗚……」到最後，我喊得聲嘶力竭，整個人趴在六芒星的中央，無力地狂哭。

「拜託……讓我和柏恩在一起……」也不知道哭了多久，我看到美和站在房間口，無奈地看著我。

「妳已經用過三次了，沒辦法了……」美和說。

「姐……柏恩死了……有巫術可以救他嗎？姐……」我像是瘋了一樣抓著美和的腿，希望美和可以告訴我不同的巫術。

「梅兒，生命長度無法改變呀，妳自己知道的……」美和說。

「可是……可是……我和柏恩的回憶太少了，都是我的錯，不需要延長壽命，可是……可以增加我和他的回憶嗎？我太想他了！」我哭號著。

「……」美和也只能靜靜聽我說著。

那天晚上，我眞的哭累了，整個人幾乎虛脫，我想後來應該是美和拜託阿平把我抱到房間吧！

那天晚上，我睡得很死，好像什麼聲音都聽不見……睡夢中像是有一股超大的龍捲風，將我們家吹得東倒西歪。

隔天早上，我醒了。我發現房間裡面的東西全部都倒了，這是半夜地震過的跡象，而且是極大的地震。

我環顧四周，趕緊將東西一個一個扶好。

神奇的事情，就在那幾秒中產生了……

我的腦中，多出了這十年來的記憶……

那一年，我接受了柏恩的求婚，和他一起分享了他升上部長的喜悅。三年前，我們一起接受了他罹癌的惡耗，之後的每一天，我都陪在他的身邊，我們每天都走到長島酒館回憶我們的過去，直到昨天中午，柏恩離開了這個世界……

這些回憶美好得讓我流出了眼淚，我知道那代表什麼，昨天晚上的地震代表什麼……這一切又代表著什麼。

我跑到美和房間敲門，卻依舊聽到了那熟悉的聲音。

「姐……謝謝妳……謝謝……」

雖然美和還是不停發出令人害羞的聲音，但是我相信她一定有聽到我講的話，而我也相信，這個姐姐教會了我太重要的事情……

看著窗外，我的生命，感覺相當充實……

第四十話

# 選擇

柏恩走後的兩年，我的生活反而回到了最原始的情況。

每天早上搭公車從泰山坐到公司，經過繁忙的一天後，再繼續搭公車回到我愛的家中。

是的，我又回到了原來的公司。當然，商品部部長依舊是瑪姬，但現在的我，也是個經理。

在經歷過這麼多事情之後，我對人生的看法改變許多，能夠有一份好的工作，好的家人，甚至是好的同事，任何一點小事情，都可以讓我感到相當愉悅。

而今天，在和同事開完會之後，部長瑪姬宣佈了一項人事公告。

「我很高興，在這邊和大家分享這個好消息，恭喜美惠晉升副理，上一季公司的營業額可以提升十五％，都是歸功於我們商品企劃部門，而美惠提出的『未來商品』概念，更是本次商品獲得成功的最大關鍵……」

美惠是名年輕的企劃人員，長得漂亮，也有個論及婚嫁的男朋友，只不過自恃甚高的她，似乎不太想和現在這個男朋友有什麼結果。

「美惠，恭喜妳呀！」我說。

「這算是遲來的肯定吧，哈哈……」美惠講話的口吻，和我年輕的時候很像。

「既然這麼開心，晚上美惠一定要請吃飯唷！」部長瑪姬開了口。

「沒問題，這是最基本的啦，我知道有個地方開了家新店，下班後我帶大家去！」美惠的個性更是爽朗，每次登高一呼，就會有一群同事聽令。

我也許久沒有這種同事間的聚會了。

下班後，約莫七、八名同事就在美惠的帶領下，到了某個我很眼熟的地方。

只因爲，美惠口中所說的新開發的店，位置竟然就是長島酒館。看來，這就是新老板頂下來之後，又重新裝潢過的地方了。

只不過，讓我驚訝的地方不止於此。

這家店的名稱，竟然叫做「ALA」。我心裡充滿了懷疑，站在門口看了好一會兒。

「梅兒姐，進來吧，招牌沒什麼好看的啦。」美惠催促著我，我應了一聲之後，趕緊走進店內。

店裡的和原本的長島酒館差異很大，看起來比較像是家庭式餐廳，擺設、桌椅都充滿小家庭的味道。

在服務人員很快和我們點完餐之後，我心裡的疑惑還是沒有得到解答。

於是，我一個人走到餐廳裡的員工休息室，想要一睹老闆的眞面目。

休息室裡的員工看到客人走進來，顯然被嚇了一跳。

「請問有什麼事情嗎?這裡是外人禁止進入的唷。」一名穿著內衣的小胖子看著我說。

「沒事，我想要找你們家老闆，不知道他在嗎？」小胖子聽完我的問話之後，還沒有回答，反而是看著我的背後。

「我就是老闆，請問有什麼事情嗎？」原來餐廳的老闆，就在我的背後。

我循著聲音轉過頭去，不禁笑出聲了。

「果然……哈哈……果然……」我笑到說不下去。

餐廳老闆的表情更是恍然大悟。

「妳是……梅兒姐？對嗎？」Andy 看起來真的沒什麼變，就是胖了些，留了點小鬍子，變得更像餐廳老闆了。

「好久不見。」我想起 Angel，但是我知道生命的長度無法改變，因此便不再往下問。

「對呀對呀，你們來吃飯嗎？」Andy 說。

「來聚餐，有人升副理，和以前一樣。哈哈，瑪姬也來了，要不要出去見她？」

我想把話題儘量往別的方向轉。

Andy 很開心地笑著。

「好呀好呀。」於是，我和 Andy 兩個人一起走到同事聚餐的地方，瑪姬一看到 Andy，驚訝到結巴。

「……你是、你是……你是……」不過畢竟瑪姬年紀大了些，叫半天卻喊不出名字。

「瑪姬，是 Andy 啦。」我說。

「對、對……啊，難怪，難怪這家店名叫 ALA，我想起來了，因爲你以前……」瑪姬的話一說到這裡，我直冒冷汗，想說原本記憶不好的她，怎麼在這節骨眼，什麼都記起來了。

「因爲你以前就是最愛 Angel，對吧？你們先後辭職了，以你這店名來看，你們應該結婚了吧？」瑪姬興高采烈地說著，我則是緊張到胃都痛了。

「對……我們離開公司兩年後就結婚了，沒通知大家，不好意思……」Andy

很平靜地說著，但我真不希望瑪姬再繼續刺痛他的心了。

「那 Angel 呢？好久沒看到她了呀……」沒想到，瑪姬還是補上了最一槍，這一定得要逼 Andy 說出不想說的話了。

「Angel 她……」Andy 說了個開頭，我連忙打斷。

「Andy，店裡面什麼東西好吃，推薦一下吧。」我說。

「等等再問這個啊，我先問他 Angel 在哪呀？」沒想到瑪姬決定打破沙鍋問到底。就在我看到 Andy 欲言又止的時候，餐廳門口傳來了一陣好聽的聲音。

「真的是梅兒姐和瑪姬姐嗎？我是 Angel 呀！」我循著聲音看去，只見 Angel 美麗依舊地站在門口，不過雙手大包小包，提著菜和塑膠袋，看起來是剛去補貨回來。

這時我簡直不敢相信自己的眼睛。

「Angel，真的是妳呀！」我站了起來，迎面就和 Angel 來了個大擁抱。

「不是我是誰呀？瑪姬姐……」Angel 這時也和瑪姬來了個大大的擁抱。

「這就是我說過，我最大的願望呀，要開一家好吃的店……」Angel開心地說，一旁的Andy則看起來則是有點無奈。我可以了解，因爲以Andy的能力，他是可以創辦大企業的，卻沒想到爲了Angel，他也可以以開間小餐廳爲樂。

看著Angel手舞足蹈地介紹餐廳菜色時，我心裡有了答案。

生命的長度的確不能改變，但是不包含自己要結束這個因素。那是個選擇，選擇好好走完自己的生命，或是選擇提早結束……

（完）

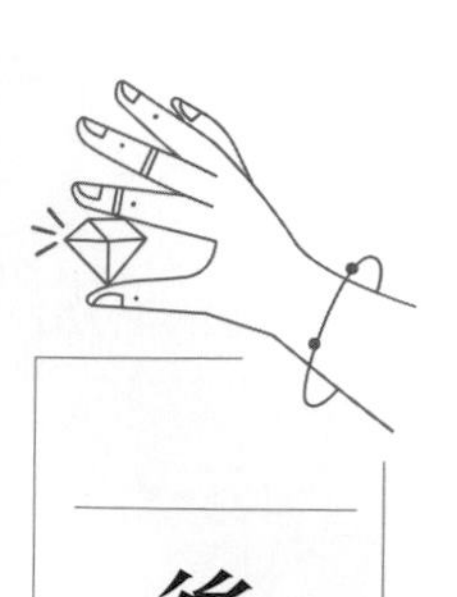

# 後記

很多時候，當初寫書的緣由，和最後寫出來的東西，往往不太相同。

就像是，愛上一個人的那個點，和最後決定是否要結婚的點，竟然八竿子打不著。搞不好，最後要離婚的原因，才是當初愛上的理由。

當初寫這本書的時候，我還坐在建國北路的辦公室裡面，管理一家小公司。更早之前，我則是在北京的胡同裡，過著夜貓子生活。再往前推五年，我應該是個剛離開研究所，每天醉生夢死卻不知道未來在哪裡的年輕人。

在這三段期間裡面，我都未婚，只是如果我分別跨越時空來到這幾個時間點，我應該無法判別，其實某些期間內，我已經結過婚，而且又離婚了。

未來，你會是我的誰？昨天晚上剛透過朋友介紹拿到手的一張名片，好幾年前的老朋友又在今晚相遇，一直待在自己身邊的好朋友有沒有可能發生感情變化，或者是五年前過馬路的時候，那個令我驚豔卻來不及留下聯絡方式的某人……

未來，你會是我的誰？說實話，這種問句多在情人之間。多年後，老友絕大多數還會是朋友，親人過了十年之後也還是親人，只有現階段是男女朋友的人，才會思考到，未來，這個人有可能變成陌生人……

或者是，在未來，某個陌生人會變成親密愛人……

試著和現在的親密伴侶聊聊還沒在一起之前，兩人分別在哪裡生活？做著什麼事？認識什麼人？會不會曾經在好多好多年前，你們早就在某個公車上擦肩而過？早就在哪個觀光景點互相被拍入鏡？早就在某個朋友口中，聽過對方的消息？

未來，你會是我的誰？而過去，你又在什麼世界？

愛小說 06

# 未來，你會是我的誰

## 作者 H

**出版發行** 橙實文化有限公司 CHENG SHI Publishing Co., Ltd
**粉絲團** https://www.facebook.com/OrangeStylish/
MAIL: orangestylish@gmail.com

---

**作　　者** H
**總 編 輯** 于筱芬 CAROL YU, Editor-in-Chief
**副總編輯** 謝穎昇 EASON HSIEH, Deputy Editor-in-Chief
**業務經理** 陳順龍 SHUNLONG CHEN, Sales Manager
**美術設計** 楊雅屏 Yang Yaping
**製版／印刷／裝訂** 皇甫彩藝印刷股份有限公司

---

**編輯中心**
ADD／桃園市中壢區永昌路 147 號 2 樓
2F., No.382-5, Sec. 4, Linghang N. Rd., Dayuan Dist., Taoyuan City 337, Taiwan (R.O.C.)
TEL／（886）3-381-1618 FAX／（886）3-381-1620
MAIL: orangestylish@gmail.com
粉絲團 https://www.facebook.com/OrangeStylish/

**全球總經銷**
聯合發行股份有限公司
ADD／新北市新店區寶橋路 235 巷弄 6 弄 6 號 2 樓
TEL／（886）2-2917-8022　FAX／（886）2-2915-8614

**初版日期 2023 年 6 月**